Enrico Vanzina

La sera a Roma

ROMANZO

Spero appassionante....
Enrico Vanzina

MONDADORI

librimondadori.it
anobii.com

La sera a Roma
di Enrico Vanzina
Collezione Narrative

ISBN 978-88-04-68564-7

I edizione febbraio 2018

La sera a Roma

A mia moglie Federica,
che dà un senso alla mia vita

Lo snobismo si può definire all'ingrosso il piacere di guardare gli altri dall'alto in basso. E il mondo è costruito talmente bene che tutti troviamo sempre qualcuno da guardare dall'alto in basso.

J.I. RUSSELL, duca di Bedford, *Il libro degli snob*

AUTUNNO

1

Avevo trascorso l'intera giornata con in testa una vecchia frasetta spiritosa di Leo Longanesi: "Vissero infelici perché costava meno"... A circa settant'anni dalla sua prima pubblicazione, quella spigolatura raffinata ora risuonava maledettamente vera. Anch'io vivevo con sempre meno. La crisi economica stava azzannando il Paese e tutti erano più o meno infelici. Non solo per questioni di soldi. Si erano aggiunte questioni morali, il decadimento dei valori fondanti della convivenza civile, la mancanza di prospettive. Insomma, uno scenario lugubre, da basso impero.

Arrivai a piazza di Spagna, turbato da queste malinconiche riflessioni.

Restai qualche attimo a fissare le vetrine di Babington's, una tea room che coniuga il raffinato gusto inglese per quella bevanda a un arredamento elegante ma alla mano, più vicino al gusto romano. Il nome britannico del locale ricorda ai suoi sofisticati clienti che Roma fu amata non solo dal romantico Stendhal e dal tumultuoso genio di Goethe, ma anche da quel gruppo di poeti inglesi – Byron, Shelley, Keats – che di Roma apprezzavano soprattutto i colori.

Infatti, in quella piacevole serata di ottobre, mentre il sole scivolava lentamente dietro i terrazzi di piazza di Spagna, angolo via dei Condotti, una luce calda e morbida, come solo quella dei tramonti romani sa inventare, inondava l'ingresso della sala da tè, accanto alla scalinata di Trinità dei Monti.

Alzai lo sguardo verso la cima del palazzo, cercando di localizzare il leggendario attico di Roberto Bassani, così celebrato dai racconti in società. Ero arrivato con qualche minuto di anticipo, una mia abitudine quando sono invitato per la prima volta in casa di persone che non appartengono al mondo che frequento. E quello di Bassani non lo era. Lui e io ci eravamo conosciuti solo poche settimane prima, in campagna, da un comune amico architetto. Era stato lui ad avvicinarmi nel parco, fitto di rose e di ulivi secolari, quasi m'avesse scelto a colpo sicuro nel mucchio dei numerosi invitati a quella colazione:

«So che lei è spiritoso. E per me l'umorismo è un irresistibile biglietto da visita. Le dispiace se mi siedo al suo fianco?»

Roberto era un agente di cambio, uno dei più apprezzati negli ambienti della finanza romana. Ricchissimo, di famiglia ebraica, era in assoluto l'uomo più mondano della capitale. Dove per mondano s'intende, oltre a uno snobismo assai marcato, il gusto della frequentazione altrui, il piacere di ricevere amici in casa e l'acutezza nel giudicare i fatti che reggono il mondo, compresi i delicati equilibri che regolano i rapporti quotidiani tra gli uomini. Roberto aveva viaggiato molto, s'intendeva d'arte, di letteratura, di musica, vestiva con la sobria eleganza di un banchiere inglese e aveva il grandissimo dono di parlare poco. Perché lui preferiva ascoltare.

Infatti, a tavola io parlai e lui ascoltò.

Qualche giorno dopo mi telefonò di prima mattina. Entrambi ci eravamo confidati che ci alzavamo presto.

«Martedì della prossima settimana la vorrei a cena da me. Ho una bella terrazza. Non si annoierà.»

Venne ad aprimi un domestico filippino in giacca nera e bottoni color rame.

Mi resi conto che gli altri invitati non erano ancora arrivati. L'orientale mi spiegò nel suo italiano stentato che il padrone di casa mi avrebbe accolto a momenti. E mi fece accomodare in un ampio salone.

L'appartamento, un paradosso nel centro di Roma, era di gusto totalmente giapponese. Stile minimale, pavimenti in tek, illuminazione alogena alle pareti; grandi quadri di arte americana del Novecento, Pollock e Rothko. Gli unici tocchi davvero europei erano i due comodi divani, molto *new england*, e l'enorme libreria, in boiserie chiara, carica di volumi provenienti da tutte le culture del mondo. Il mio amico architetto mi raccontava spesso che Bassani assomigliava alla casa nella quale viveva. Aveva lo stesso gusto per l'ordine e un rigore orientale, quasi ascetico, che lo avvicinava moralmente a una sorta di samurai dell'alta finanza.

Scoccarono le nove e Bassani mi venne incontro con un sorriso affabile. Malgrado facesse ancora caldo, indossava un completo di lanetta grigia, una camicia bianca e una cravatta in tinta con l'abito. Invece di stringermi la mano mi toccò con delicatezza la spalla:

«Sono felice di vederla.»

«La sua casa è magnifica» mi congratulai.

Roberto sorrise.

Era un uomo impenetrabile, dallo sguardo enigmatico, geloso delle sue abitudini private, mai disposto a concedere una parola di troppo, un po' per buona educazione, ma soprattutto per non svelare i propri segreti. Ed erano tanti i segreti di Roberto Bassani, a cominciare da quelli professionali che riguardavano i patrimoni di svariate famiglie importanti, che lui gestiva con integerrima e meticolosa professionalità. E c'erano i segreti privati, quelli dei suoi sentimenti. Nessuno ne conosceva la geografia, eppure correva voce che gli amori di Roberto fossero stati, nel corso della sua vita, molteplici e appassionati. Difficile, però, sapere o anche solo sospettare chi fossero gli oggetti del suo desiderio.

Mi fece strada verso la terrazza. Da quella cima incantata, con arbusti ancora fioriti e vasi colorati, vidi la città come non l'avevo mai vista. Certo, avendo sempre vissuto a Roma, avevo già potuto godere del suo profilo da uno dei suoi mille terrazzi mimetizzati tra i tetti. Ma quella prospettiva, leggermente rialzata, eppure quasi in linea con i tanti palazzi allineati da piazza di Spagna fino alle pendici del Gianicolo, dalla quale emergevano le altane, i campanili, le cupole delle chiese, aveva un non so che di magicamente spettacolare.

In un angolo riparato vidi una tavola apparecchiata. Ma solo per due.

Chiesi sorpreso:

«Non aspetta altri ospiti?»

«No, caro Federico, ho preferito cenare da solo con lei. Le devo chiedere una cortesia che mi metterebbe in imbarazzo davanti ad altre persone» mi rispose, ma subito dopo cambiò argomento.

Fu un *dinner* estremamente piacevole. Cucina italiana fusion, eccellente, con qualche divagazione dalle parti dell'Oriente, sushi e una salsa all'ananas che avevo assaggiato molti anni prima a Bangkok in casa della mia prima giovanissima moglie thailandese.

Roberto mi stupì dicendo che aveva letto il mio ultimo articolo sul "Messaggero". Ne citò addirittura qualche passaggio. Io faccio lo sceneggiatore cinematografico. Ma da circa vent'anni esercito, con passione, una seconda professione, quella del giornalista. Ho una rubrica di costume sul "Messaggero". Molto letta a Roma. Sapere che in questa capitale somara qualcuno ancora sfoglia i giornali mi stupisce sempre un po'.

Poi, arrivati al sorbetto, appoggiò il suo tovagliolo, deciso a concludere l'intermezzo, e mi disse con voce neutra:

«È stato gentile a venire. Avevo un gran bisogno della sensibilità di un protagonista del cinema italiano.»

Sorrisi. «Non mitizzerei troppo il cinema italiano. Assomiglia agli italiani: promette molto, mantiene poco.»

Sorrise anche lui e restò un attimo in silenzio. Poi mi chiese:

«Lei per caso conosce Domenico Greco?»

«Oramai conosco troppa gente e spesso la dimentico» ammisi.

«È un giovane attore. Mi dicono anche bravo. È il figlio di un mio caro amico di Lecce, un grande produttore di olio e vino. Io curo i suoi investimenti. Il ragazzo si è trasferito a Roma da quasi due anni ma non ha ancora avuto l'occasione giusta per farsi conoscere. Solo particine in qualche fiction. Ha sfiorato qualche ruolo con Pupi Avati e Giorgio Capitani, cosette che non lasciano traccia. Se lei potesse incontrarlo e farmi sapere cosa ne pensa... Dirmi se ha talento, possibilità di carriera... Ho promesso al papà di Domenico di dargli una mano. Ci tengo al giudizio di un uomo di cinema come lei.»

Rimasi davvero stupito da quella richiesta. Roberto Bassani, un vero gigante della società romana, uno che frequentava le più dorate stanze del potere, mi aveva invitato a cena per chiedere una raccomandazione?

«Incontrerò volentieri il ragazzo» risposi cercando di non fare emergere il mio disagio. «Ma vede, Roberto, il talento non è un oggetto così misterioso. Se uno ce l'ha, alla fine emerge.»

Insistette, quasi tagliente:

«Le ripeto, tengo molto al suo giudizio.»

Poi aggiunse, modulando il tono:

«Naturalmente le sarò riconoscente. Sono pronto a ricambiare la cortesia in qualsiasi momento.»

Mi tornò in mente un aforisma del mio amico Roberto Gervaso che probabilmente nemmeno lui ricorda, visto che nel corso della sua vita ne ha sfornati circa un milione: "La riconoscenza abbassa il nostro orgoglio".

Se Bassani si era abbassato a chiedermi quel favore aveva certamente dovuto mettere da parte l'orgoglio, che in lui era qualcosa d'innato. Ma perché?

Ci congedammo prima delle undici.

Uscendo dal portone, quando mi ritrovai su una piazza di Spagna ancora animata da turisti e sfaccendati, decisi di non prendere il taxi. Sarei tornato verso Prati a piedi.

Era una di quelle sere romane che ti fanno venir voglia di camminare. Ancora non sapevo che, a distanza di poche ore, in quella pacifica serata si sarebbe messo in moto il meccanismo di un misterioso delitto.

Un delitto che mi avrebbe cambiato la vita.

Quando rientrai in casa mi andai a sedere alla scrivania del mio studio e mi fermai a guardare gli alberi fuori dalla grande finestra che affacciava su via Pompeo Magno. Una strada che avevo scelto, tanti anni prima, per la sua riservata eleganza. Ogni volta che ci passavo rimanevo incantato dalle sue vecchie palazzine, carezzate dai glicini e dalle edere rampicanti. E dal centro storico mi ero trasferito a vivere lì.

Accesi il computer. Non avevo ancora scritto l'articolo per la mia rubrica domenicale sul "Messaggero" e decisi di provare a buttarlo giù. Sul monitor trovai un post-it, sul quale aveva segnato a matita un nome, "Paolo Sorrentino".

Da tempo volevo scrivere un articolo su *La grande bellezza*, ma non l'avevo ancora fatto. L'attualità diventa sempre più interpretabile con un certo distacco di tempo. Tra i miei amici se ne era fatto un gran parlare. Chi lo aveva amato alla follia, chi era rimasto indifferente e chi lo aveva trovato presuntuoso e non riuscito.

Il film, intanto, aveva vinto l'Oscar ed era entrato nel gotha dei cult. Era quindi arrivato il momento giusto per parlarne con doveroso rispetto. Mi aveva colpito perché era riuscito a cogliere in maniera stupefacente la maledizione che pesa su Roma, sopraffatta dal suo splendore. Da una parte i monumenti, i palazzi, i ponti, il fiume, le chiese, i parchi, le terrazze, la storia infinita. Dall'altra i romani, gente sfibrata dalla decadenza, intellettuali sterili, mondani allo sbaraglio, prelati vacui, borghesi e politici corrotti, tutti in lotta per sconfiggere la durezza del Tempo, tutti impegnati a fare qualche patto scellerato per sopravvivere, una Roma post Dolce vita che non sa più sorridere e riflettere, che si nutre di conformismo letterario, che balla per non pensare, non ricorda, annaspa nella melma di un'epoca grigia. A via Veneto, sloggiati Cinema e Letteratura, bivacca solo un mediorientale sfigato, a cenare da solo nei caffè vuoti. Sulle terrazze domina la detestabile *gauche caviar*, così ben derisa da Toni Servillo nel film. Alle feste annaspa quella nobiltà miserabile che sopravvive a se stessa e lascia le strade a una borghesia immignottita. E quel *demi-monde* che vaga attorno alle performance artistiche, vere patacche di un'arte senza più anima. Cocktail, cene, tutta roba inutile e senza senso. Anche la fede è diventata un'esibizione da baraccone. E questa agghiacciante rappresentazione va in scena tutti i giorni sullo scintillante palcoscenico dell'eternità romana. Che la schiaccia, la tritura, la distrugge con lampi, appunto, di bellezza eterna. Paolo Sorrentino non ha raccontato la Roma vera, ha preferito costruire la metafora di una metropoli che non trova un'identità moderna perché la sua gente è morta, uccisa dalla spietata forza del suo passato. *La grande bellezza* non è un film su Roma, è un film sul Tempo.

Dopo aver riletto alla rinfusa questa serie di appunti seriosi, mi venne da sorridere. Io, sul mio giornale, mi occupavo principalmente di quella che, una volta, si chiamava "cronaca mondana". Come mi aveva detto Bassani a Sutri, da me i lettori pretendevano sorrisi.

È la maledizione degli umoristi.

Così, accartocciai quegli appunti e scrissi d'un fiato un articolo sulle nuove *finte bionde* borghesi del Fleming. Le avevo inventate proprio io quelle fastidiose signore, negli anni

Ottanta, e da allora, come l'umorismo, anche le *finte bionde* continuavano a perseguitarmi.

Ma con quelle *signore* lì non si sbaglia mai. Il sorriso è assicurato.

L'indomani, verso le otto, ricevetti una telefonata.

Una voce giovane, dal marcato accento pugliese, mi disse:

«Ho avuto il suo numero dal dottor Bassani. Sono Domenico Greco.»

Incredibile, non erano passate nemmeno dodici ore da quando Roberto me lo aveva raccomandato.

«Ma certo, carissimo» risposi sfoderando uno scampolo di manierata allegria. «So tutto. Stavo aspettando la sua chiamata.»

«Possiamo incontrarci?»

Certi meridionali sono micidiali. Vanno dritti al punto, senza vergogna.

«Quando?»

«Stamattina lei può?»

Potevo. C'era l'ennesima crisi del cinema e il lavoro latitava. Ma, avendo trentacinque anni di carriera alle spalle, volevo conservare qualche briciola di dignità professionale. Sparai una balla:

«No, stamattina ho un appuntamento in Rai. E nel pomeriggio mi vedo con un regista francese, venuto appositamente da Parigi. Risentiamoci nei prossimi giorni.»

Ci restò male.

«Il dottor Bassani ha detto che lei mi avrebbe incontrato volentieri.»

«Ma certo, Domenico, molto volentieri. Però non oggi. E nemmeno domani. Mi richiami venerdì, così decidiamo.»

«D'accordo. A venerdì.»

Riattaccò senza salutare.

Invece di irritarmi, quella telefonata così sfacciata mi mise di buon umore. Avevo fatto una cosa giusta. Che fece risalire la mia autostima.

Arrivai in piazza di San Lorenzo in Lucina verso le nove e mezza. Da qualche anno era diventata isola pedonale. Mi tornò in mente un pensiero buffo di Ennio Flaiano quando scriveva che le isole pedonali hanno un difetto di origine: se ne vanno le automobili e irrompono i pittori. E tra le due categorie non si sa quale preferire. Per fortuna, in quella piazza, i pittori ancora non avevano fatto capolino.

Comprai i quotidiani e mi andai a sedere a un tavolino del Bar Ciampini, dove spesso avevo l'abitudine di fare colazione. Cappuccino decaffeinato e brioche.

Accanto a me alcuni tipi discutevano animatamente di politica. Nella piazza si era spostata da poco la sede di Forza Italia e il bar pullulava a tutte le ore di *peones* berlusconiani. Dovevano decidere se rimanere fedeli al *Presidente* o unirsi alle truppe di Angelino Alfano, tracimate nel governo. A guardarli, più che onorevoli, sembravano viaggiatori di commercio. Abiti di confezione, cravatte dai colori improbabili, con nodi a penzoloni, accenti sguaiati di qualche piana calabrese o di qualche valle nordica.

Un siciliano, che era rimasto in silenzio ad ascoltare i colleghi, a un certo punto sbottò:

«*Mì, sentitemi a mia*. Qui a forza di manovre di palazzo finiremo per mettercelo *int'o' culo* da soli!»

Il cameriere che mi stava servendo la colazione trattenne una risata.

Gli dissi sottovoce:

«Capisce perché i grillini finiranno per andare al potere?»

Lui sorrise:

«Ma quali grillini, dotto'. Io Giorgia Meloni tutta la vita.»

La destra. Dio, come era ridotta. Orfana della sua borghesia moderata. Oramai votata in massa solo da camerieri esacerbati, da qualche pensionato nostalgico e da tassisti tatuati. Sull'onda di una rabbia spicciola e non più sull'antica convinzione che lo Stato assistenzialista di sinistra limita la nostra libertà. Oggi la gente se ne fotte della libertà.

La libertà è un concetto. E la gente non vuole concetti, vuole cose concrete. Perlopiù, vendette.

Sfogliai distrattamente i giornali. Quasi tutte le notizie le avevo già origliate dai tg del mattino. E adesso sulla carta stampata già emanavano puzza di vecchio.

Pagai e mi avviai a piedi verso via del Tritone, dove avrei consegnato in redazione il mio articolo sulle *finte bionde*.

L'imponente palazzo del "Messaggero" pareva montare la guardia a quello spicchio di centro storico con il manto stradale ridotto un colabrodo.

Nello stanzone della cronaca c'era il vuoto pneumatico. I giornali cominciano a prendere vita dopo le due. Prima, regna la silenziosa e rispettosa attesa delle notizie.

L'unica seduta al suo box era Germana. La mitica vestale della *social life* cittadina. Caparbia, attentissima alla grammatica e alla sintassi, era una sorta di primario ospedaliero della lingua italiana. Oggi, d'altronde, in un quotidiano, gli interventi di ricostruzione estetica degli articoli in entrata sono all'ordine del giorno. Diciamolo, i giovani giornalisti non fanno più di cognome Barzini o Montanelli.

Malgrado l'ora la trovai di ottimo umore. Stava mettendo in pagina un pezzo appena arrivato in "ghiacciaia", l'indirizzo mail a cui i redattori inviano gli articoli.

«Questo lo metto in apertura, fa morire dal ridere. Be', insomma, sembra scritto da un rumeno, ma c'è sostanza...»

«Racconta» le feci.

«È sui furti negli appartamenti in periferia. Oramai le finestre dei piani più bassi sono tutte blindate. I cittadini perbene vivono chiusi a doppia mandata, come in carcere, mentre quelli che in carcere dovrebbero starci sono fuori, a bighellonare. Però qualcuno comincia a reagire. Il nostro collaboratore di Ostia ha intervistato un tizio che abita al secondo piano di una palazzina già presa di mira diverse volte dai ladri. Adesso questo poveraccio, la sera, prima di andare a dormire, versa una bottiglia d'olio sul tubo della grondaia che i ladri usavano per arrampicarsi sul palazzo.»

«Mi sembra un'idea un po' medievale» commentai divertito. «E forse anche inutile. Tanto quelli non li fermi. Saliranno con delle scale.»

«Appunto, ma senti lui che dice...»

Si mise a leggere la mail:

«"Ci provassero *a usa'* una scala! Sul gas ho sempre pronta una pentola di olio bollente!".»

Abbassò il foglio e aggiunse con il suo contagioso sorriso:

«Ti rendi conto? Siamo all'assedio delle fortezze, come ai tempi di Robin Hood. Con gli assediati che vendono cara la pelle. Ma non nella contea di Nottingham, a Ostia.»

Frequentare la redazione di un grande quotidiano è un dono di Dio.

Uscendo dal "Messaggero" mi ritrovai con la mattinata a disposizione. Più tardi, a pranzo, avrei dovuto incontrare un produttore alla trattoria da Settimio, in via dell'Arancio. Ero in trattativa per un film da scrivere.

Scesi al piccolo trotto giù per via del Tritone e decisi di fare un salto alla Feltrinelli, sotto la galleria Alberto Sordi.

Da quando l'avevano restaurata, ogni volta che entravo sotto le volte austere di quella costruzione anni '20 non potevo fare a meno di ripensare proprio a lui, ad Alberto Sordi. Era stato il nostro grande amico di famiglia. Mio padre, compositore di razza, aveva scritto decine di colonne sonore dei suoi film, musiche indimenticabili che avevano segnato un'epoca. Per un attimo lo rividi, durante il funerale di papà, nella basilica di San Lorenzo in Lucina, nascosto dietro una colonna. Piangeva. E vedere un grande comico che piange è straziante.

Entrai da Feltrinelli e passai in rivista le novità italiane. Erano quasi tutti romanzi gialli, o polizieschi, o noir. Evidentemente qui da noi il mistero è l'ossessione collettiva.

Forse era il presagio di quello che mi stava per succedere. A distanza di poche ore sarei entrato anch'io nel vortice di un assoluto mistero.

«Nel film che vagheggio, la protagonista dovrebbe essere una ragazza del Sud sbarcata nella capitale in cerca di fortuna. Una specie di Stefania Sandrelli di *Io la conoscevo bene.* Non ha né arte né parte: Viviana – così la chiamerò – vorrebbe finire in tv, o aprire un nail shop, o diventare l'amante di un politico, o semplicemente innamorarsi di un bravo ragazzo. Il guaio è che mette queste cose sullo stesso piano, senza graduatoria.»

Seduto davanti a me a un tavolo di Settimio, Galliano Juso mi ascoltava con i suoi occhi sfibrati ma intelligenti. Fa il produttore da una vita. Niente di trascendentale, piccole solide commedie, film di genere. Insomma, il cinema. Del quale lui è un piccolo gigante.

«Viviana è una credulona, una ragazza un po' ignorante, vagamente romantica ma propensa a darla con disinvoltura. Infatti, per necessità, aggiungo mista a indolenza, passa da un letto all'altro. All'inizio va con un suo compaesano pugliese venuto a Roma a fare il regista-disoccupato, poi con il buttafuori di una discoteca, e infine con un nobile decaduto che vive a Labaro, con la padrona lesbica di una tintoria, con un avvocato cocainomane, con un procuratore di calciatori e con un giornalista di sinistra senza più ideali. Viviana entra ed esce dai letti dei suoi partner senza patemi d'animo. Essendo una giovane italiana della generazione *senza futuro,* accetta i suoi destini passeggeri con rassegnazione. Si sposta da Monteverde al Torrino, dall'Ostiense al Flaminio, da Talenti a Vigna Clara, quasi con indifferenza. È una ragazza di oggi, convinta di non avere qualità; è una che non dà giudizi, che non fa paragoni, che non cerca di trovare una chiave di lettura al suo percorso. In questo assomiglia a Roma, una città che non ha più ambizioni, non ricorda e non fa progetti. Roma è una città che avanza verso il futuro senza più la consapevolezza del suo valore. Come Viviana è rassegnata al presente.»

Era arrivato il *pata negra.* Galliano s'infilò in bocca due lunghe strisce di prosciutto spagnolo e mi disse masticando:

«Io, però, da te voglio un ritratto di Roma in chiave comica.»

Siccome mi aveva invitato lui, cominciava a preoccuparsi: se non fosse uscito da lì con in tasca il contratto per una commedia, il suo pur modesto investimento culinario sarebbe andato in fumo.

Gli sorrisi:

«Galliano, ma cosa c'è di comico in questa palude desolante che ci circonda? A Roma la realtà è più agghiacciante di quello che noi immaginiamo sia la finzione. Qui persino Woody Allen ha girato un brutto film.»

«Ma io non voglio fare un film alla Woody Allen» precisò.

«E io non voglio fare un film alla Christian De Sica» conclusi.

Finimmo di mangiare in silenzio, "chiusi in noi", come disse Paolo Conte in una sua canzone.

Io però a Galliano volevo bene. Dividemmo il conto, alla romana.

Passarono giorni vuoti.

Ma non per questo inutili.

Ho letto che ti rendi conto di aver raggiunto la mezza età quando sei in casa il sabato sera, il telefono squilla e speri che non sia per te.

Già, è proprio così. Arrivano spesso telefonate alle quali non vorresti rispondere. E anche quel giorno arrivò.

A chiamarmi fu Domenico Greco, il giovane attore pugliese segnalato da Roberto Bassani. Insisteva per vedermi e, costretto dalla sua rozza invadenza, lo feci venire da me la domenica mattina.

Il nostro incontro fu decisamente sgradevole.

A Roma aveva iniziato a piovere, acqua a catinelle. La nostra città si stava già allagando, come oramai succedeva con perversa regolarità.

Domenico Greco entrò zuppo come un cane da caccia lacustre. Imprecava in dialetto, l'acqua gli usciva dalle scarpe. Lo feci accomodare in bagno per darsi un'asciugata ai capelli e gli offrii una camicia di ricambio. Che lui, da meridionale orgoglioso, rifiutò.

Rientrò nel mio studio starnutendo. Con i capelli bagnati, pettinati all'indietro, aveva nel suo viso perfetto e regolare qualcosa che ricordava Rodolfo Valentino, suo glorioso conterraneo. E appena si mise a parlare, vista la pesante inflessione pugliese, quasi fastidiosa, mi dissi che, come Valentino, avrebbe dovuto recitare nel cinema muto. Il parlato non gli si confaceva.

Dopo avermi elogiato in maniera melensa mi mise brevemente al corrente del suo non esaltante curriculum. Qualche particina in tv, due mezze comparsate al cinema e uno spot pubblicitario. Teatro, niente. Poi attaccò la solita nenia, tipica degli attori scalcinati, ma presuntuosi, sulla miopia di noi cineasti, che favoriamo gli amici degli amici e le belle ragazze da portare a letto.

«Le attrici non mi hanno mai interessato granché» gli feci. «Sono molto più attratto dalle cassiere.»

Non parve convinto da quel mio *outing*, per altro sincero. L'attore scalcinato è sempre convinto che esista nei suoi confronti una congiura dell'industria della celluloide per ostacolare la sua carriera artistica.

Cominciavo francamente ad annoiarmi. Avevo accettato di vedere Greco per pura cortesia nei riguardi di Roberto Bassani, un gran signore. Ma era domenica e l'idea di sprecare altro tempo con quel bellimbusto mi parve insopportabile.

Per provocarlo gli dissi:

«Se pensa che si fa carriera andando a letto con qualcuno,

provi con qualche regista donna. Oggi ce ne sono moltissime. Lei è un bel ragazzo e non farà fatica a trovarne diverse.»

Lui si offese:

«Le pare che vado a letto con una regista?»

«Allora provi nel campo opposto, tra i registi sensibili al fascino maschile. Avrà solo l'imbarazzo della scelta.»

Probabilmente se non fosse stato a casa mia mi avrebbe mollato un cazzotto in faccia.

Ma questo è il cinema. O almeno, a me lo hanno insegnato così. Spietato. Se no, Fitzgerald non avrebbe scritto *Gli ultimi fuochi*. E gli dissi con estrema franchezza:

«Sa in Italia quanti ragazzi vogliono fare il suo mestiere? Più di centomila. E quanti lo fanno sul serio? Meno di cento. Il cinema è come il calcio. Tutti vogliono giocare in serie A, ma solo un centinaio ci riescono. E se giochi in una serie minore è un lavoro diverso. Voglio dire che lei ha scelto una professione basata sulla competizione. La pianti di pensare che qualcuno vuole metterla fuori gioco e dimostri di essere più bravo degli altri. Lo può fare anche dicendo tre battute in una fiction. Vedrà che alla fine qualcuno si accorgerà di lei. In questo lavoro conta solo il talento. Non bisogna piangersi addosso, bisogna solo dimostrare di averlo.»

Mi ascoltò in assoluto silenzio, quasi sconcertato. E quando ebbi finito si scusò.

Io però non avevo finito. C'era ancora qualcosa che mi intrigava.

«Perché Roberto Bassani la sta aiutando?»

«Il dottor Bassani è molto amico di mio padre...» balbettò.

Era la seconda volta che lo chiamava "dottore". Se fosse stato davvero molto amico di suo padre lo avrebbe chiamato Roberto.

Finalmente mi ero tolto il dubbio. Domenico andava a letto con Bassani.

Verso le tre e mezza mi arrivò una telefonata che avevo già messo in conto di ricevere. Quella, appunto, di Roberto Bassani.

«Federico, sono Roberto. So che stamattina ha incontrato Domenico Greco...» mi disse con voce garbata, ma leggermente fredda.

«Sì, è stato qui. Un bellissimo ragazzo. Gli ho dato qualche consiglio» risposi.

Seguì un breve silenzio. Probabilmente il giovanotto pugliese era lì accanto a lui.

«Grazie. Ma ho come l'impressione che Domenico si sia scoraggiato.»

«Gli attori sono tutti un po' fragili» gli feci.

«Comunque mi dica: che impressione ha avuto? Pensa che possa avere la sua occasione nel cinema?»

«In questo lavoro ci vuole anche un po' di fortuna. Come in tutte le cose. Magari al prossimo casting il ragazzo riesce a ottenere un piccolo ruolo interessante.»

«Io non intendevo *un piccolo ruolo*» alzò la voce, stizzito. «Le pare che invito a cena da me un maestro come lei per elemosinare briciole?»

Decisi di essere sincero fino in fondo:

«D'accordo Bassani, se è questo quello che desidera sapere, secondo me Domenico Greco non diventerà mai il nuovo Dustin Hoffman.»

Seguì un altro lungo silenzio.

Poi Bassani tagliò corto.

«Grazie, era quello che volevo capire. È stato molto gentile a dedicare a Domenico un po' del suo tempo. Spero di rivederla presto. Buona giornata.»

Il pomeriggio scorreva lento. La pioggia continuava a cadere con discreta insistenza. Ricevetti qualche telefonata. L'unica rilevante fu quella di mia moglie Pamela, da Boston. Mi raccontò che suo fratello Tom, professore di matematica al prestigioso Massachusetts Institute of Technology, continuava a non darsi pace dopo essere stato lasciato da sua moglie. Pamela era andata in America per tenergli compagnia in quel momento così difficile. A me, però, veniva un po' da ridere, visto che Tom stava per compiere settant'anni e Bridget, sua moglie, ne aveva sessantasei. Eppure quella inquieta signora di origini texane era scappata con un collega quasi ottantenne di Tom, un astronomo, mollando il marito nella più cupa disperazione. Provai a fare qualche battuta, ma Pamela non apprezzò. Più passa il tempo e più mi rendo conto che l'unico vero popolo spiritoso è il nostro. Il guaio è che qui siamo tutti spiritosi ma abbiamo l'immondizia per strada e non abbiamo più soldi per pagare le pensioni.

La nostra telefonata non durò più di tanto. Pamela, nonostante in passato avesse pubblicato alcuni romanzi, detestava sprecare i soldi in parole. Strano, perché io i soldi li faccio scrivendo parole.

Riattaccando pensai che avevo avuto fortuna a sposarla, quasi trent'anni prima. Dovevo quasi tutto a lei. Pamela era una compagna fedele, silenziosa, comprensiva. Una donna forte, ma anche romantica, che aveva avuto l'intelligenza di consigliarmi sempre nel migliore dei modi. Quando l'avevo ascoltata non avevo mai sbagliato, quando non l'avevo fatto mi ero ritrovato spesso nei guai. Nella penombra che si stava impossessando del nostro appartamento di via Pompeo Magno, la rividi il giorno in cui ci eravamo incontrati, a Panarea. Era bellissima. Pensai subito che sarebbe diventata la donna della mia vita: con lei sarei cresciuto, con lei avrei diviso tutto, con lei avrei fatto dei figli e insieme avremmo camminato, in perfetta armonia, fino alla fine dei nostri giorni. Ed era stato così. A parte i figli. Che Dio non ci aveva voluto concedere.

Verso le otto entrai in cucina con l'idea di prepararmi del riso basmati e due uova strapazzate. Anch'io, a modo mio, sono un po' samurai.

Stava iniziando il tg della sera. Notizie da Lampedusa, discorso di Mario Draghi dalla Banca Centrale di Francoforte, camorra a Casal del Principe. E infine un tragico e misterioso fatto di sangue accaduto a Roma. Nel suo piccolo appartamento alla Balduina era stato ritrovato il cadavere di un giovane attore, Domenico Greco, ucciso da due colpi di pistola al petto. Nessuna traccia dell'assassino.

Il mio primo istinto fu quello di contattare Roberto Bassani. Ma non lo feci. Chiamai Carlo Longari, un mio amico penalista. Mentre aspettavo che rispondesse continuai a seguire il tg, magari spuntava qualche altro dettaglio. E invece niente. Il servizio successivo era su una rapina in banca a pochi metri dal luogo dell'omicidio. Ma cosa stava succedendo a Roma? Poi cronaca rosa, sport, cucina.

«Hai sentito?» dissi non appena sentii la voce di Carlo. «Quell'attore che hanno trovato ucciso alla Balduina è stato a casa mia stamattina, poche ore prima di essere ammazzato.»

Carlo, in fretta e furia, mi fissò un appuntamento in studio da lui per l'indomani mattina:

«Prima che ti chiamino loro, devi presentarti tu alla polizia.»

Il commissario Margiotta era un massiccio cinquantenne meridionale, schivo, dall'aria mite, con lo sguardo limpido e la fronte spaziosa venata da un accenno di rughe simili a piccole cicatrici. Si portava addosso le stimmate di quel profondo Sud che esporta intelligenza, ma conserva con tenacia il marchio d'origine. Agricoltura inurbata. O al massimo piccola borghesia elevata alle magistrali.

La stanza nella quale mi ricevette era esattamente quella che avrei descritto in una sceneggiatura. Un ammuffito reperto dell'Italia dei film di Rosi o Damiani. Ma, se vogliamo, anche di un film di Totò, con Nino Taranto nel ruolo del questurino.

«Quindi era la prima volta che lei incontrava il Greco Domenico, non lo conosceva» fece Margiotta, riassumendo i fatti dopo aver ascoltato il mio racconto. «E se ho capito bene era stato il dottor Roberto Bassani a chiederle di ricevere il Greco.»

«Esatto» commentai. «Bassani mi aveva chiesto di valutare le capacità artistiche del ragazzo, figlio di un suo caro amico.»

Margiotta mi fissò con uno sguardo freddo:

«E lei cosa ha valutato?»

«Diciamo che non ho avuto l'impressione di trovarmi davanti a Gian Maria Volonté.»

Il commissario sorrise:

«Si vede che lei fa i film da ridere. Sa, le sue pellicole piacciono molto ai miei figli. Conoscono le battute a memoria.»

«Io, per fortuna, le ho dimenticate quasi tutte» commentai.

Margiotta era un uomo gentile e educato. Forse non gli capitava tutti i giorni di interrogare un cittadino venuto a deporre in maniera spontanea: di solito doveva trovarsi di fronte a truffatori reticenti, rapinatori, bulli di quartiere, oltre a chissà quale piccolo esercito di spacciatori e papponi stranieri.

Fece chiamare un taxi e qualche minuto dopo mi accompagnò all'uscita.

«Si è fatto un'idea di chi può avere ucciso Domenico Greco?» gli chiesi prima di salire a bordo.

Margiotta rispose con una punta di malinconico scetticismo:

«Lei, che fa lo scrittore, sicuramente conosce i romanzi di Phyllis Dorothy James.»

Inaspettatamente aveva pronunciato il nome con una buona dizione. D'altronde i commissari sono laureati.

«Sì, in Inghilterra la consideravano un po' l'erede di Agatha Christie.»

Margiotta annuì:

«La James diceva che i moventi di un omicidio si posso riassumere con quattro parole: amore, lussuria, denaro e odio. Verrebbe da pensare che la più pericolosa di queste parole sia l'odio. No, è l'amore.»

Quella notte faticai ad addormentarmi. Non riuscivo a togliermi dalla testa un fastidioso dubbio: Roberto Bassani era innamorato di Domenico Greco? E se sì, quel brutale omicidio rientrava nella categoria dei delitti passionali, così frequenti nel mondo degli omosessuali?

Ma forse sbagliavo. Le mie maliziose deduzioni erano solo il frutto delle nostre cattive abitudini romane, che tendono a farci vedere il marcio ovunque. Probabilmente Bassani non andava affatto a letto con Domenico. Lui, così snob e raffinato, non aveva nulla da spartire con quel gretto ragazzotto di provincia. Avevo solo immaginato la brutta trama di un brutto film.

Verso mezzanotte mi chiamò Pamela da Boston. Era stata con suo fratello da uno psichiatra, il quale, per tranquillizzarlo, gli aveva prescritto un leggero psicofarmaco. Una specie di Prozac, ma di nuova generazione.

A mia moglie non raccontai nulla di quello che era successo a Roma. La cena da Bassani, l'incontro con Domenico Greco, l'omicidio e la mia deposizione spontanea in questura. Le notizie sono come il vino, viaggiano male.

Terminata la nostra solita breve conversazione decisi di prendere anch'io un Prozac. Ma, vivendo in Italia, di vecchia generazione.

Claudia, parafrasando P.D. James, si poteva riassumere con due sole parole: culo e simpatia.

Aveva il culo più bello del Venezuela. Entusiasmante, malgrado i suoi trentanove anni. Quanto alla simpatia, era un misto di naturale umorismo, sfacciataggine, sincerità, ma anche di ingenua capacità nel fotografare le persone mettendo a nudo in maniera sorprendentemente buffa i loro lati nascosti. Claudia viveva a Roma da più di dieci anni e parlava perfettamente l'italiano. Era stata una cattiva attrice e per sbarcare il lunario si era spostata nel mondo del fitness. Insegnante di aerobica e pilates.

Io e lei c'incontravamo saltuariamente, di pomeriggio, in un piccolo albergo sulla via Nomentana. In certi periodi ci vedevamo anche una volta a settimana. In altri, capitava una volta a stagione. Se riuscivamo a mantenere questo equilibrio, era solo per un motivo: non ci eravamo mai detti "ti amo". Io avevo amato e amavo una sola persona, mia moglie Pamela. Claudia, invece, aveva amato il suo primo fidanzato, un certo Javier, che poi si era rovinato tirando cocaina. Lei e io ci piacevamo, e basta. Non facevamo progetti e non parlavamo mai di futuro insieme.

Quando uscivo dall'alberghetto sulla Nomentana mi chiedevo spesso cosa mi spingesse a tradire Pamela. Me lo chiedevo senza sensi di colpa, visto che non avevo mai messo in conto di rinunciare a lei per Claudia. La mia era semplice voglia di momentanea evasione oppure quegli incontri clandestini erano un modo per chiudere gli occhi davanti a quelle piccole incrinature della vita coniugale, che io consideravo banali, ma che forse celavano questioni irrisolte e insoddisfazioni?

Mi bastava salire sul taxi che mi avrebbe riportato verso casa per ritrovare la tranquillità. Insomma, quella tra Claudia e me era una storia così. Che non aveva bisogno di troppe spiegazioni.

Quel giorno, mentre si rivestiva lentamente allo specchio, in modo da regalarmi qualche attimo in più del suo corpo visto da dietro, a un certo punto mi disse:

«Hai letto di quella brutta storia capitata vicino a casa mia?»

Claudia abitava alla Balduina. E capii subito che la "brutta storia" era quella dell'omicidio di Domenico Greco. Ma feci finta di non saperne troppo.

«Chi, quello che hanno ammazzato? Cos'era, un attore?»

«Sì. Si chiamava Domenico Greco» fece lei. «Io lo conoscevo. Lo conoscevo benissimo.»

Rimasi sorpreso dal tono con cui aveva pronunciato le ultime parole.

«Andavi a letto anche con lui?» le chiesi d'istinto.

Claudia si girò quasi di scatto e mi fissò con i suoi grandi occhi scuri:

«Io no. Domenico scopava con una mia amica.»

Fece una breve pausa, poi disse:

«Federico, ma che, sei geloso di me?»

Le risposi con un velo d'imbarazzo:

«La mia non mi sembrava una domanda così fuori luogo.»

Si girò e riprese a vestirsi. Stavolta più velocemente.

«Era un bravo ragazzo. Stava con Neiva da quasi un anno. Te la ricordi? Te ne avevo parlato. Quella brasiliana che lavora nella palestra a piazza Ungheria dove insegno pilates. Una bionda. Domenico era innamorato pazzo di lei. Poveraccio, non si meritava di fare una fine così.»

Provai come un senso di vergogna. Un po' per avere dubitato di lei. Ma soprattutto per avere pensato che Domenico fosse l'amante di Bassani. Invece era il fidanzato di una collega di Claudia.

«Chissà perché l'hanno ucciso.» Sospirai, cercando di mascherare la mia improvvisa confusione.

«Tanto non lo sapremo mai» fece lei. «Quei coglioni della polizia non beccano mai nessuno.»

Aveva finito d'infilarsi il suo mini abito. Prese la borsa e si avviò verso la porta. Prima di uscire mi lanciò un sorriso smorzato.

«Ciao Federico. Ci vediamo.»

In quel momento ebbi la certezza che non l'avrei rivista per un po'. Forse la stagione dopo.

Ma sbagliavo.

«A che punto stanno le indagini sull'omicidio di quel Domenico Greco?»

Ero tornato al "Messaggero", stavolta a trovare Maselli, che si occupava da anni della cronaca nera. Lui e io ci conoscevamo da lungo tempo. Era un vero cronista, tenace, curioso, ma soprattutto leale, uno che prima di scrivere un articolo verifica l'autenticità della notizia consultando testardamente le fonti.

«È un caso difficile» mi disse. «In questura stanno abbottonati. Io ho fatto un giro di telefonate per saperne di più sulla vittima. Ma più che descriverlo come un bravo ragazzo, nulla. Il padre è una persona agiata del Sud. Era lui a mantenere il figlio, che come attore non *alzava* granché.»

Poi mi fissò con il suo sorriso pacato e mi chiese:

«Maestro, ma cosa cazzo ti interessa a te di questa storia? Vuoi farci un film?»

Sorrisi anch'io. «Ti sembra una trama da commedia?»

«Appunto. È una di quelle robe macabre che mandano in sollucchero i nostri colleghi delle televisioni pomeridiane. Ci andranno avanti un anno.»

«Maselli, tu sai mantenere un segreto?» gli chiesi cambiando espressione.

Lui sorrise di nuovo. Aveva già fiutato che la nostra conversazione stava per farsi interessante:

«Io mi guadagno lo stipendio con i segreti. Se mi mettessi a spifferarli in giro finirei disoccupato.»

Ero ancora indeciso se dirglielo o meno. Ma mi fidai:

«Secondo me, Domenico Greco non era il ragazzo limpido, senza ombre, che tutti raccontano.»

Maselli sbatté la mano aperta sulla scrivania.

«Cazzo!» esclamò. «Lo penso anch'io dal primo momento che ho letto la notizia sull'Ansa!»

«Secondo me aveva relazioni con altri uomini» dissi semplicemente.

Stava calando la sera.

Uscendo dal palazzo del "Messaggero" mi avviai a piedi verso casa. Avrei avuto comunque tutto il tempo per farmi una doccia, cambiarmi e arrivare puntuale alla cena della mia amica Lavinia.

Come mai, dopo quello che mi aveva raccontato Claudia, ero andato a trovare Maselli e gli avevo detto esattamente il contrario, cioè che secondo me Domenico aveva una relazione non con una brasiliana, ma con Roberto Bassani? Talvolta si agisce in maniera contraddittoria, usando l'istinto al posto della ragione. Capita soprattutto a chi, come me, riempie la sua vita scrivendo ed è abituato a leggere il dritto e il rovescio delle parole. Le parole cambiano significato a seconda del tono con le quali le usiamo – ironico, confermativo, di sfottò, dubitativo. Un sì può essere un no. Un forse può significare certo. Contano l'intonazione e il contesto. Il vocabolario non è un certificato di verità.

Dopo avere incontrato Claudia, nel taxi che mi stava riportando a casa, avevo fatto partire a memoria l'audio di alcune frasi pronunciate al telefono da Roberto Bassani. Una soprattutto risuonava con cupa ambiguità: "Le pare che invito a cena da me un maestro come lei per elemosinare briciole?". Mai un uomo di mondo come Bassani avrebbe usato quel tono sferzante, al limite del minaccioso, per commentare un piccolo screzio accaduto in società. Già, perché tra me e lui non esistevano codici segreti, interessi comuni, favori da ricambiare. Il nostro era stato un fugace incontro mondano. Lui mi aveva chiesto una piccola cortesia. Io, anche se controvoglia, avevo assecondato civilmente quella sua richiesta. Tutto qui. Invece Bassani si era risentito del fatto che non sarei stato io a risolvere il problema della carriera di Domenico Greco. E questa sensazione netta della sua profonda irritazione mi aveva convinto di nuovo che tra il finanziere e il giovane pugliese esistesse qualcosa di più di una semplice frequentazione. Tra di loro esisteva un sentimento.

Certo, avrei potuto conservare il mio dubbio senza farne cenno ad altri. E forse lo avrei fatto, se fossi stato uno scrittore di cinema e basta. Ma non lo ero. Io ero anche un giornalista. D'accordo, arruolato per descrivere i fatti della società mondana. Ma pur sempre un giornalista. E quando, anni prima, forse per vanità, avevo scelto di esserlo, avevo giurato a me stesso che non sarei mai diventato il tipo di giornalista che Mark Twain tanto detestava: quello che distingue il vero dal falso, ma poi pubblica il falso. Il cinema è il falso. La realtà, no, è vera. E quando è marcia va raccontata.

La mia grande amica Lavinia Guerrieri non era nata principessa. Di nobile, dai suoi genitori piccolo borghesi, aveva ereditato solo quel nome, Lavinia, così *comme il faut*, quasi una promessa di promozione sociale. Sposando venticinque anni prima il frivolo Annibale, giovane e bellissimo primogenito della illustre stirpe dei principi Orsato della Torre, Lavinia si era assicurata un destino che aveva da sempre considerato suo. Quello di appartenere al gran mondo. E in quel mondo, così indecifrabile, retto da codici bizzarri, dove la memoria e la tradizione vanno a braccetto con la sfrontatezza, Lavinia sapeva orientarsi con naturale e infallibile *allure*. Era lei il punto di riferimento di gran parte della nobiltà nera romana, sia quando si trattava delle piccole e quotidiane consuetudini mondane, sia quando i suoi consimili erano costretti ad affrontare difficili questioni di sopravvivenza del loro privilegiato microcosmo, sempre minacciato dalla rapacità della società borghese, un tempo la sua, ma che adesso Lavinia giudicava con il disprezzo gelido di chi sente il peso della Storia appoggiato sulle sue spalle.

Arrivai a palazzo Orsato della Torre, angolo piazza della Cancelleria, con qualche minuto di ritardo. Lavinia mi vide entrare e corse ad abbracciarmi. Aveva passato da poco i cinquant'anni. Eppure, la sua bellezza era rimasta intatta. Occhi di un grigio quasi azzurro, la bocca disegnata col compasso, labbra carnose ma eleganti, fianchi stretti, gambe affusolate, il tutto inondato da una criniera bionda di capelli impalpabili.

«Pensavo che mi avessi dato buca» mi rimproverò, carezzandomi la guancia.

Lei e io ci conoscevamo da prima che sposasse Annibale Orsato della Torre. Era stata fidanzata con un attore che aveva lavorato in un mio film. L'attore lo avevo dimenticato qualche giorno dopo la prima; lei, invece, era rimasta. La nostra era stata e continuava a essere una vera amicizia, fatta di confidenze, gioie e dolori condivisi, e soprattutto di una tolleranza reciproca riguardo alle nostre infinite debolezze. Un giorno mi aveva detto: "Ricordati che se hai un problema puoi sempre correre da me per un tè". Era accaduto, e spesso ci eravamo consolati.

Aveva poche amiche. Perché non si fidava delle donne. Si intratteneva più spesso con gli uomini, che lei sapeva prima incantare, poi gelare, e con i quali teneva in allenamento i muscoli della sua femminilità. Nel corso della sua vita ne aveva fatti innamorare tanti. Ma nessuno aveva mai fatto innamorare lei. Nemmeno Annibale, il suo affascinante marito, che lei aveva sposato per totale convenienza, scegliendo in lui la bellezza, il rango e un'enorme agiatezza economica. Lavinia considerava il principe Annibale Orsato della Torre un soprammobile: insostituibile, ma inanimato, un oggetto con il quale s'invecchia insieme per abitudine, senza dover dar conto delle proprie emozioni. E Annibale aveva impersonato questo ruolo con assoluta incoscienza. La amava, credendo di essere riamato. La forza del loro matrimonio, fortemente invidiato dal mondo che frequentavano, nasceva proprio da questa contraddizione affettiva.

Quella sera, a cena da lei, trovai una ventina di persone. Oltre alla cerchia stretta del suo fedele clan di nobili romani, c'era anche una sparuta rappresentanza del mondo artistico. Rividi con piacere un amico gallerista che qualche anno fa mi aveva venduto un disegno umoristico di Attalo al quale ero molto affezionato. E abbracciai con grande affetto Carla Fendi, una vera signora, una vera amica del cuore.

Ma mi gelai vedendo seduto sul divano in fondo al salone, mentre conversava con il padrone di casa, Roberto Bassani.

Quando si accorse di me, si alzò e mi tese la mano con una lieve parvenza di affabilità:

«Salve Federico. Non pensavo di rivederla così presto.»

Gli strinsi la mano con un certo disagio.

«Avrei voluto chiamarla» tentai di giustificarmi. «Quello che è successo a Domenico è terribile. Una vicenda molto triste. Soprattutto per lei, immagino.»

Bassani annuì e sospirò. «Sì, tristissima.» Poi aggiunse: «Ho saputo che è stato interrogato dalla polizia».

«Veramente sono stato io a recarmi in questura. Avendo incontrato il povero Domenico poche ore prima del suo omicidio, mi è sembrato giusto farlo.»

Bassani mi fissava con il suo solito sguardo impenetrabile: «Ho conosciuto anch'io il dottor Margiotta.»

Lo disse facendomi intendere che, se non avessi fatto il suo nome in questura, forse gli avrei evitato quel fastidio.

«A me ha fatto la cortesia di venire a interrogarmi in ufficio» continuò. «Gli ho raccontato della mia amicizia con il padre di Domenico. Mi è sembrato un funzionario preparato. Confido molto su di lui: spero che riesca ad arrestare chi ha compiuto questo orribile delitto.»

Aveva pronunciato queste parole con una calma glaciale, inquietante. Non era mai chiaro, quando parlava, se volesse definire un concetto o nasconderlo.

Ci sedemmo a tavola. In quel momento arrivò trafelato l'ultimo ospite: il marchese Roffredo Cafiero d'Aragona. Lui non mancava mai alle cene di Lavinia.

Aveva passato da poco i sessant'anni. Di corporatura gradevole, saltava subito all'occhio la sua raffinata eleganza. Un'eleganza, però, fatta di niente. I suoi abiti erano sempre fuori moda, i suoi capelli troppo lunghi, la sua fronte era cosparsa di grappoli di macchie di vecchiaia e i suoi denti erano macerati da un colore simile a quello del tè cinese. Fumava quattro pacchetti di sigarette al giorno, come se il fumo impalpabile delle sue finissime Cartier fosse il nutrimento indispensabile della sua vita disordinata. Ostentava una erre moscia quasi da gagà d'altri tempi, che lo divertiva e divertiva soprattutto chi lo ascoltava parlare. Roffredo apparteneva a quel mondo di vecchi napoletani, spiritosi per natura, signori per vocazione e anticonformisti per scelta.

«Scusate il ritardo» esordì, affrettandosi al suo posto, alla sinistra di Lavinia. «L'età avanza e m'ero addormentato davanti ai "Pacchi"...»

Lavinia gli carezzò la mano con affetto.

«Ma quale età, Roffredo. Tu sei sempre lo stesso.»

Roffredo sorrise:

«Sei bugiarda, tesoro. Comunque il tempo impoverisce le persone, ma in compenso dona loro più praticità. Tanti anni fa, per conquistare un soldato in libera uscita, facevo leva su quello che consideravo il mio *charme*. Oggi gli offro direttamente del denaro. Il risultato, comunque, è *'o stesso*.»

La battuta fu accolta da una gran risata generale e dal battimani della romanissima principessa di Santa Severa:

«Roffre', sei 'na sagoma!»

«Il problema, semmai, è un altro» continuò Roffredo. «È che a me, 'sti soldi da usare al posto dello *charme*, mancano. Non ci stanno. Insomma, *ve vulesse di' che la mia vita è problematica assai*.»

Altra risata. Nessuno era rimasto stupito da quel racconto, visto che l'omosessualità del marchese Cafiero d'Aragona era risaputa e conclamata. Anche se a vederlo muoversi, a sentirlo parlare, i suoi modi non avevano nulla di effeminato. Perché Roffredo apparteneva a quella categoria di omosessuali per i quali il sesso non è altro che una spasmodica ricerca della bellezza. In quei ragazzi agganciati nel buio dei giardinetti notturni, nei cinema di periferia o in qualche spiaggia libera del litorale laziale, Roffredo vedeva la perfezione della natura. Quella perfezione che nel suo *milieu*, corroso da anni di intrighi mondani, antiche vendette e fatui rancori, si era ridotta a un funereo esercizio di riti obsoleti, dove lo snobismo e le buone maniere, che in Roffredo erano al *top,* restavano l'ultimo simulacro di un potere perduto. Ma così come quei russi bianchi prima della rivoluzione, accerchiati dall'idealismo vincente del mondo nuovo, intuivano l'assurdità della loro pretesa di continuare a governare le loro terre in forza di ragioni ereditarie e dinastiche, restando pur sempre fedeli al loro zar, il marchese Cafiero d'Aragona, conscio della fine del suo mondo, ne perpetuava maniacalmente gli antichi gesti, le parole, i sentimenti, ergendosi a ultimo difensore di quella nobiltà oramai incapace di costruire la Storia, ma fiera di saperla ricordare.

Mentre Roffredo parlava tenevo sotto controllo Roberto Bassani. Sembrava che tra tutti gli invitati fosse l'unico a non divertirsi alle buffe battute di quel napoletano chic. I simili spesso non si amano, pensai.

Già, non riuscivo a togliermi dalla testa l'idea che anche Bassani fosse omossessuale.

Quella sera si conversò soprattutto di politica. L'argomento era stato lanciato dallo spiritoso principe Urbani, un vero signore, un autentico nobile con il pallino della *cosa pubblica.* Animò il dibattito con una provocazione delle sue:

«Avete notato che oramai la roccaforte del Partito Democratico sta ai Parioli? In periferia, invece, fanno tutti il tifo per Giorgia Meloni.»

Quel tavolo a palazzo Orsato della Torre, circondato da camerieri usciti da un quadro di Watteau, non era esattamente la cena di un gruppo di redattori *liberal* del "New York Times". Dire che i commenti che seguirono furono reazionari è riduttivo. Quello che l'orgoglio della nobiltà detesta di più è il mondo radical chic della *gauche caviar.* Volarono malignità su una ricca signora di via Panama che passava i pomeriggi al cinema a vedere solo i film dei Dardenne, di Angelopoulos e dei fratelli Coen.

«Si sente Dacia Maraini» disse la perfida duchessa di Torre Franca, facendo sbellicare gli invitati. «A me, però, una sua amica ha confidato che in vita sua, quell'"intellettuale" ha letto pochissimi libri. Dicono due: da ragazza *I tre moschettieri*, e *Love Story* in viaggio di nozze.»

Mi sentivo così distante da quel mondo aristocratico che mi astenni dal commentare. Chi fa il cinema ha il privilegio di osservare gli altri come se fossero dei *personaggi*. Perché la narrazione cinematografica si nutre proprio di questi modelli umani presi dalla vita vera e poi trasfigurati nella finzione. Per un cineasta le persone non sono vere, non sono né buone, né cattive, né stupide, né portatrici di verità. Sono *personaggi* da usare. Personaggi con in tasca un salvacondotto che li rende immuni da critiche o anatemi.

Il dopocena fu decisamente sbrigativo. Appena il tempo di un caffè e la compagnia si sciolse. Tutti a casa.

Fui l'ultimo a rimanere. Avevo qualcosa da chiedere a Lavinia e, quando il principe Annibale si ritirò sbadigliando, ci sedemmo l'uno di fronte all'altra sui divani dello studio.

«In che rapporti sei con Roberto Bassani?» le chiesi, andando direttamente al dunque.

«Lo conosco da una vita» rispose, in apparenza per nulla sorpresa dalla mia domanda. «Da prima di incontrare Annibale. Era un uomo bellissimo e pieno di *charme*. E lo è ancora.»

«Non l'avevo mai visto a un pranzo da te. Non sapevo che lo frequentassi.»

«Roberto cura gli investimenti di Annibale. È un uomo molto riservato che non ama mischiare il lavoro con la mondanità» mi fece con il suo tono sempre un po' distaccato.

«Secondo te a Roberto piacciono gli uomini?» le chiesi a bruciapelo.

Lavinia scoppiò a ridere:

«Federico, ma sei pazzo? Roberto va a letto con un sacco di donne!»

«Chi?» insistetti.

Lavinia cambiò espressione. Mi fissò con i suoi straordinari occhi chiari e rispose:

«Con me, per esempio. Sono andata a letto con lui tanti anni fa.»

Rimasi come tramortito da quella risposta.

Lavinia scoppiò di nuovo a ridere:

«Ci sono andata una sola volta. Ma ti assicuro che non è per niente gay. Dài, non fare quella faccia. Guarda che io ho un sacco di ammiratori. Solo tu non mi hai mai considerata come donna.»

«Perché tra noi è un'altra cosa» farfugliai arrossendo.

«Lo so» fece lei alzandosi dal divano. «E forse è stato un peccato.»

Conoscendola, capii che, quella sera, la nostra conversazione sarebbe finita lì. La principessa Lavinia Orsato della Torre frequentava e ascoltava il mondo esterno misurandolo con un suo infallibile orologio interno. Allo scoccare del rintocco, che solo lei udiva, il tempo concesso a quel suo conoscente, o parente, o nel mio caso amico, scadeva con improrogabile durezza.

Tornai a casa scosso da quella inaspettata notizia. Provavo una sorta di risentimento nei confronti di Lavinia. Un risentimento sciocco, ma che non riuscivo a scacciare via dalla mente. Lei e io ci eravamo sempre raccontati tutto. Perché non mi aveva mai rivelato di avere avuto una relazione con Roberto Bassani?

Ma c'era un'altra cosa che mi bruciava dentro. A Roberto Bassani piacevano le donne. Mi ero totalmente sbagliato nel valutare la sua personalità. E questo, per uno sceneggiatore, è imperdonabile. La prima qualità di chi scrive per il cinema è quella di fotografare e capire i caratteri della gente che incontra. Se non ci riesce significa che è un mediocre scribacchino, un modesto orecchiante.

Aveva finalmente smesso di piovere. Aprii la finestra della mia camera da letto e restai qualche secondo a odorare il profumo inconfondibile dell'autunno romano. Come avrebbe detto il marchese Cafiero d'Aragona, *malgré tout* è bello assai vivere in questa città.

Aurelio De Laurentiis mi ascoltava con grande attenzione. Dalla smisurata portafinestra del suo ufficio, sulla cima del Quirinale, si vedeva tutta Roma. Il sole s'infrangeva sulle cupole lontane e concedeva a quel panorama mattutino la grazia assoluta di un quadro settecentesco.

Aurelio e io ci siamo conosciuti da ragazzini. In passato abbiamo realizzato insieme circa una dozzina di film, quasi tutti dei grandi successi. Mi vuole bene e io voglio bene a lui.

Ero andato a proporgli la mia storia sulla ragazza di provincia che arriva nella nostra città e s'impantana tra i vizi di una società in caduta libera. Galliano Juso aveva fatto un passo indietro e io cercavo un produttore capace di percepire le grandi potenzialità di quella storia.

Aurelio, però, non mi pareva affatto convinto:

«Tu sei così bravo a scrivere commedie, e invece mi stai proponendo un film drammatico. Scusa la sincerità, ma questo soggetto è una roba da anni '60. Al pubblico di oggi cosa cazzo gli può interessare la storia di una cretina pugliese che arriva a Roma e tutti se la scopano?»

M'infervorai:

«Aurelio, il soggetto è un altro. La storia di Viviana è solo un pretesto per fare una commedia moderna su Roma. Su come è diventata. Nella sceneggiatura si possono inserire molte cose buffe. Io voglio fare un film pieno di mostri contemporanei. Da ridere. Qui a Roma, dietro lo sconforto, tutto fa ridere. Hai letto la storia di quel deputato del Sud accusato di aver passato una notte di bagordi in un grande albergo in compagnia di una squillo finita all'ospedale per overdose di cocaina? In un altro Paese la sua carriera sarebbe stata travolta dallo scandalo. Qui, no. Siccome la squillo ha dichiarato che quella notte il focoso parlamentare ha fatto l'amore per sette ore filate, tornando nella sua cittadina il deputato è stato acclamato e portato in trionfo come Casanova. Quanto alla squillo, approfittando della inaspettata notorietà, ha subito fatto un calendario. Io voglio raccontare delle robe così. Voglio raccontare Roma.»

Aurelio allargò un sorriso divertito.

«Va bene, butta giù un trattamento. Poi vediamo. Se fa ridere andiamo avanti con la sceneggiatura.»

Uscii rinfrancato dagli uffici della Filmauro. Per quanto stesse cambiando, il cinema rimaneva sempre quella faccenda descritta così bene da Luciano Vincenzoni, lo sceneggiatore di Pietro Germi e di tanti altri giganti, in un suo libro di memorie: tu racconti un'idea, un produttore ride, il film si fa.

Questo, però, non garantisce il successo. Quella è un'altra storia.

Con l'agio di un piccolo contratto in tasca, che mi avrebbe permesso di affrontare l'inverno con maggiore tranquillità, andai a sedermi a un tavolino dell'Antico Caffè Greco. Lì, tanti anni prima, si riunivano Ennio Flaiano, Sandro De Feo, Renato Guttuso, Mino Maccari e molti altri grandi protagonisti del dopoguerra. Adesso, invece, il locale era frequentato da smutandati stranieri.

Tirai fuori il mio taccuino. Ero contento. De Laurentiis mi stava dando la possibilità di scrivere quel benedetto film su Roma che tutti, compreso me, inseguivano invano dai tempi della *Dolce vita*. Quello che Sorrentino aveva solo sfiorato.

Cominciai a buttar giù qualche appunto. Ma quello che scrissi non aveva nulla di cinematografico: non si parlava di Viviana, della trama, né degli altri protagonisti. Tuttavia quella paginetta trasudava ispirazione sincera e centrava il vero argomento del film: la decadenza di Roma.

Dopo circa mezz'ora chiusi il taccuino e pensai che, se

fossi stato in grado di tramutare quelle mie note in un racconto cinematografico, avrei fatto un bel film.

Qualche anno prima, mentre lavoravo con Dino Risi, lui mi disse una cosa che non ho mai più dimenticato:

"Federico, il cinema non è una cosa tanto complicata. Bisogna portare sullo schermo dei sentimenti sinceri. Meglio se sono dei sentimenti seri, raccontati in maniera buffa."

Lui, nel corso della sua lunga carriera, ci era riuscito spesso. Per questo rimane il più grande regista di commedia di questo Paese.

Decisi di andare a rendergli omaggio. Risalii via di San Sebastianello e attraversai tutta Villa Borghese. I prati e i viali ghiaiosi erano ancora umidi per via della pioggia che aveva inondato la città. Poca gente in giro. Pochi pupi con mamme giovani. Qualche bassotto al guinzaglio di anziane signore poco eleganti.

Dopo circa venti minuti mi ritrovai in via Aldrovandi, davanti al residence in cui Dino aveva vissuto l'ultima parte della sua vita.

Mi fermai a guardare le finestre, al primo piano, del suo appartamentino. E mi tornò in mente quel giorno di giugno, quando Dino chiuse gli occhi per sempre.

Mi aveva chiamato mio fratello Stefano, che è medico. Mi aveva detto, con voce rotta dall'emozione: "È morto Dino...". Ero corso lì, al residence Aldrovandi, dove viveva. Da esattamente trent'anni. Solo. Anzi, solitario. Si era trasferito in quel residence per non pesare sugli altri, per mettersi un po' in ombra. E lì se ne era andato, in silenzio. Ero entrato. C'erano Claudio e Marco, i suoi figli, miei amici da sempre. C'era Nelo, il fratello di Dino, poeta intelligente. Sua moglie Edith Bruck, con il suo viso ungherese scosso dal dolore. C'era Chicca, la moglie di Marco. C'era Stefano, mio fratello, una maschera di tensione. C'erano i nipoti. C'era Leontine, che lui tanto aveva amato. E

Fabrizio Corallo, il giornalista complice del Maestro. Mi avevano chiesto se volevo vedere Dino disteso in camera da letto. Non volevo. Non potevo. Avevo il cuore in gola. Mi ero guardato intorno. Il piccolo appartamento era sempre lo stesso. Lì avevo passato tante ore con lui. A parlare, a ridere, a lavorare. C'era sempre la sua vecchia macchina da scrivere. Pochi libri. E qualche foto attaccata, male, al muro. Quelle di Chaplin, di Toscanini, di Einstein. C'erano Marilyn con Arthur Miller, Tognazzi e Gassman nei suoi *Mostri*, un Duce comico a torso nudo su uno slittino, un ritratto di Shakespeare. E Federico Fellini, di spalle, anche lui solitario. Tutto qui. La vita del più grande regista della commedia italiana era racchiusa in quell'appartamentino scarno. Era finita un'epoca: quella dell'Italia buffa e struggente, fotografata e raccontata dal solitario Dino Risi.

Qualche giorno dopo mi chiamò Maselli dal giornale. C'erano novità sul caso dell'omicidio di Domenico Greco, voleva vedermi.

C'incontrammo in via Veneto. Aveva ripreso a piovere e ci sedemmo al riparo, sotto uno di quei gabbiotti a vetri che hanno deturpato in maniera irreversibile quella che era stata la strada simbolo della leggerezza e dell'allegria romane.

«Ho saputo in maniera riservata che in questura hanno messo sotto la lente d'ingrandimento una donna. Potrebbero fermarla da un momento all'altro.»

«Ti hanno detto di chi si tratta?» chiesi.

«No, hanno tutti le bocche cucite» rispose. «Margiotta è uno che conosce troppo bene questa città. Sa che meno strombazza la storia sulla stampa meno rischia di fare brutta figura nel caso non riuscisse a trovare il colpevole.»

Una discreta bionda ci lanciava occhiate esplicite da un tavolo in fondo. Probabilmente una russa.

Anche Maselli la notò:
«Se avessi trecento euro da buttare, a quella ci farei un pensierino» bisbigliò.
«Ti piacciono le bionde?» gli chiesi sorridendo.
«Mi piacciono le mignotte» rispose.
Questo è il vero limite dei giornalisti: vanno pazzi per le puttane. Forse perché li obbligano ancora a descriverle nei loro articoli come "donne di vita".

Maselli aveva avuto una buona soffiata.
A metà novembre, in prima pagina sul "Messaggero", pubblicò in esclusiva la notizia dell'arresto di una giovane donna sospettata di aver ucciso Domenico Greco. Si trattava di Neiva Olivares, nazionalità brasiliana, professione fisioterapista.
Era la ragazza della quale mi aveva parlato Claudia. La sua amica, nonché la fidanzata di Domenico.
Lessi l'articolo d'un fiato.
Subito dopo il delitto la polizia aveva interrogato le persone più vicine a Domenico: parenti, amici, compagni di lavoro e, naturalmente, Neiva, che risultava essere la sua fidanzata. Nel corso del primo interrogatorio, Margiotta non aveva assolutamente sospettato di lei. Era stata una semplice formalità. Ma, a distanza di giorni, era saltata fuori la testimonianza di un'anziana inquilina del palazzo. La signora si era ricordata che il giorno dell'omicidio, all'ora in cui Greco era stato ucciso, mentre rientrava in casa, aveva intravisto scendere di corsa giù per le scale una donna dalla lunga capigliatura bionda, di statura superiore alla media. Margiotta aveva fatto due più due. Neiva aveva i capelli biondi, lunghi fino a metà schiena, ed era alta circa un metro e settantacinque. E soprattutto era la fidanzata di Greco. Aveva puntato la lente su di lei. E si era concentrato sull'alibi della ragazza nell'ora in cui era stato ucciso Domenico. Nel corso del primo interrogatorio la brasiliana aveva di-

chiarato che si trovava a casa sua, sulla Cassia. Ma quando sulla scena del crimine era saltata fuori una bionda simile a lei, Margiotta era andato a controllare meglio quella dichiarazione. Non aveva trovato nemmeno una persona in grado di confermare l'effettiva presenza di Neiva sulla Cassia. Nella vita della brasiliana c'era un buco di circa due ore, durante il quale nessuno l'aveva vista o sentita. E, sfortunatamente per lei, durante quelle due ore avevano ucciso Domenico. Sospetti pesanti, che alla fine avevano convinto Margiotta ad arrestarla.

Nel suo articolo, Maselli, garantista di vecchia data, metteva in risalto il fatto che ci si trovava, come spesso accade in questo Paese, di fronte a un arresto su base indiziaria. Per il momento non era saltato fuori né un movente, né soprattutto l'arma del delitto. Come dire: nessuna vera prova.

Ci sarebbero andati a nozze i nostri colleghi della tv del pomeriggio. Puntate a raffica sul tema: Neiva colpevole o Neiva innocente? Una perfetta telenovela per i guardoni dell'etere.

Chiusi il giornale e chiamai Claudia:

«Ho letto della tua amica.»

Lei non rispose. E io aggiunsi:

«Vediamoci.»

C'incontrammo da Ruschena. Lei arrivò vestita da palestra. Stava andando a dare lezione a un'attrice con attichetto a Monteverde, una di quelle cretine che si sentono importanti perché hanno la personal trainer.

Non mi persi in preamboli:

«L'altro giorno ho preferito non dirtelo. Ma io conoscevo Domenico Greco. L'ho incontrato a casa mia poche ore prima che l'ammazzassero. Me l'aveva mandato un certo Roberto Bassani, uno che si occupa di investimenti, amico dei suoi genitori. Voleva sapere da me se Domenico aveva qualche chance nel mondo del cinema. Comunque, tutto questo l'ho raccontato in questura.»

Claudia si allarmò:

«Ti hanno chiamato per interrogarti?»

«No, alla polizia ci sono andato spontaneamente.»

Claudia tirò fuori un biglietto dalla sua sacca e me lo mostrò con visibile ansia:

«Questo mi è arrivato stamattina. È una convocazione. Mi vogliono ascoltare in questura giovedì prossimo.»

Cercai di tranquillizzarla:

«Avranno saputo che tu e quella Neiva vi conoscevate. Niente di grave. Tu vai lì e racconti quello che sai.»

Claudia mi fissò con aria sempre più agitata:

«Io so un sacco di cose.»

«Per esempio?»

«Che secondo Neiva Domenico la tradiva. Litigavano spesso. E lui una volta l'ha anche riempita di botte.»

«Raccontalo» le feci.

Claudia restò un attimo in silenzio a riflettere. Poi mi disse:

«Io non credo che Neiva abbia ucciso Domenico. È impossibile. Lei è una ragazza dolce. Non avrebbe mai fatto una cosa del genere.»

«Anche questo dillo a chi ti interrogherà.»

Mi prese la mano:

«Federico, stammi vicino. Non voglio finire nei casini.»

Gliela strinsi:

«Tranquilla, non ci finirai. Ho conosciuto il commissario che si occupa delle indagini. Un certo Margiotta. È una persona perbene.»

Mi fissò con aria tesa:

«Perché l'altro giorno non mi hai detto che conoscevi Domenico?»

«Non lo so» risposi. Ed era la verità.

«La cosa che mi è sempre piaciuta di te è la sincerità.» Sospirò.

Aveva ragione. Io, a forza di scrivere storie sugli altri, immagino la vita come la sceneggiatura di un film. Nella quale l'autore muove a suo piacimento i dialoghi dei suoi personaggi per rendere più interessante la trama. E si torna sempre lì, a quella differenza sostanziale tra finzione e realtà. Io vivo la mia vita come il protagonista di un film. L'unico mio cruccio è di stare in un *bel* film. Dimenticando, invece, che vivere la realtà non ha niente a che vedere con i criteri estetici. Non è questione di bello o di brutto, è questione di giusto o di ingiusto. Criteri etici.

Giovedì sera, mentre avevo appena iniziato a scrivere il trattamento del film per De Laurentiis, Claudia mi richiamò.

«Sono uscita adesso dalla questura. Avevi ragione, il dottor Margiotta è una brava persona.»

«Ti ha fatto molte domande?» le chiesi.

«No. Voleva sapere quando avevo conosciuto Neiva, e se avevo mai incontrato Domenico. Io gli ho detto tutto quello che sapevo.»

«Anche che lui l'aveva picchiata?»

«Sì»

«E Margiotta come ha reagito?»

«Non è uno che reagisce» rispose.

La sentivo meno agitata di quando ci eravamo incontrati da Ruschena.

«Bene. Adesso ti sei tolta un peso» le feci.

«Gli ho anche detto che secondo me Neiva è innocente» riprese lei.

«E lui?»

«Mi ha risposto che se manda in prigione qualcuno lo fa solo quando è profondamente convinto della sua colpevolezza.»

Ci fu un attimo di silenzio. Poi Claudia mi chiese, con un filo di voce:

«Uno di questi giorni ci vediamo?»

«Domani torna Pamela dall'America» le risposi.

La sera stessa del suo ritorno a Roma, Pamela e io facemmo l'amore. Come al solito fu bello e intenso. In tutti quei lunghi anni di convivenza, tra noi non si era mai affievolita la voglia di sentirci uniti. Anche a letto.

Mangiammo in cucina, in vestaglia.

La misi al corrente di tutto quello che era successo durante la sua assenza. Ma la triste storia di Domenico non la interessò più di tanto. Mi chiese solo quanto avrei guadagnato con il trattamento per De Laurentiis. Anche questa faccenda, però, pareva esserle distante. Il suo pensiero era rimasto a Boston, ai guai familiari di suo fratello Tom.

«È brutto essere lasciato quando si è già anziani» mi disse. «Adesso Tom si sente un uomo finito, senza più scopi nella vita.»

«Almeno questo viaggio sarà servito a farti capire che se mi lasci faresti una porcata» la stuzzicai.

Pamela sorrise:

«In Italia, alla nostra età, sono i mariti che lasciano le mogli.»

«Ma non il *tuo*, di marito» le feci.

Era tornata. Io le volevo bene. E lei a me. Adesso la sera, in casa, non avrei più avvertito quel leggero senso di solitudine che mi aveva accompagnato per tutto l'autunno.

INVERNO

2

Era domenica e mancavano pochi giorni al Natale. Io e Pamela non avevamo ancora fatto programmi concreti su come e dove passare le feste. Rimandavamo, più per pigrizia che per indecisione. Avevamo due opzioni per la cena della Vigilia. Una a casa di Aurelio De Laurentiis, l'altra a palazzo Orsato della Torre, dalla mia amica Lavinia. Immaginavo che, alla fine, Pamela avrebbe optato per casa De Laurentiis, dove si sentiva quasi di famiglia. Lei e Lavinia, invece, non si erano mai amate molto. Forse Pamela non riusciva a capire quell'antica e strana intimità che esisteva tra me e l'affascinante principessa. E in genere anche una moglie sicura di sé, come lo era Pamela, non ama frequentare un'amica bellissima del marito.

Al mattino feci una lunga passeggiata nel mio quartiere. Roma indossava gli abiti natalizi. In questo rito, nella nostra capitale, c'è sempre qualcosa di miserabile. Siamo una città più mediorientale che europea. Me lo ricordarono le palme di piazza Cavour. Lì, gli alberi di Natale che ornavano i marciapiedi sembravano quasi degli alieni. Regnava quella bizzarra atmosfera di *dépaysement* che conosce bene chi ha viaggiato, durante le feste natalizie, a Tunisi o a Caracas. Il Natale non si amalgama con i Paesi caldi. Le palle colorate sui rami degli alberi sembrano quelle luminarie kitsch dei ristoranti della Florida. Più che allegria mettono tristezza.

Nel pomeriggio mi piazzai alla scrivania per finire il trattamento del film che stavo scrivendo per De Laurentiis. Mi era venuto bene, ma mi mancava il finale. Speravo di venirne a capo in fretta, così, se fossimo andati a cena da lui la sera della Vigilia, gli avrei consegnato il lavoro finito.

I finali sono una brutta bestia. Soprattutto i "finalissimi". So per esperienza che se scrivi qualcosa di valido per cinquanta pagine ma sbagli le ultime quattro righe, rovini tutto. Chi legge dimentica quello che di buono aveva apprezzato prima e giudica la tua fatica dalle ultime frasi. Insomma, i finali sono una trappola infernale.

Non mi veniva in mente nulla di sensazionale. Nemmeno di passabile. Questi sono i momenti più drammatici per gli scrittori. Stai lì, da solo, davanti a una scrivania, a fissare il vuoto in attesa che l'idea giusta prenda forma nella tua testa.

Improvvisamente, attraverso la vetrata su via Pompeo Magno, invece dell'edera intravidi il futuro. Il mio. Non era più una prateria dove poter correre a perdifiato vivendo mille avventure, incontrando mille persone e perdendomi in mille fantasticherie. No, oramai quello che avevo fatto pesava molto di più di quello che avrei potuto ancora fare.

Spostai lo sguardo all'interno del mio studio. Ero circondato dalle fotografie a cui tenevo di più e dai miei libri. Già, i libri. Compagni fedeli della mia vita, amici intelligenti, silenziosi, che mi avevano guidato, divertito, appassionato, mi avevano insegnato quasi tutto quello che sapevo. Guardandoli, ebbi la sensazione che, prima o poi, li avrei traditi. Era inutile illudermi: molti di loro, agognati da tempo, sarebbero rimasti intonsi sugli scaffali della mia libreria. Me ne sarei andato prima, senza aver mai sfiorato i *Dialoghi* di Platone, Tacito, Seneca. Sant'Agostino sarebbe stato un altro mio rimpianto. Così come molte commedie di Shakespeare e una parte consistente della letteratura russa. Sarei andato via senza aver letto uno dei tanti capolavori di Thomas Mann. Senza le poesie di Milton. Sartre lo avevo solo annusato da ragazzo. Forse senza capirlo. E lo stesso era successo con Malaparte, Joyce, Faulkner. E con tanti altri, troppi, scrittori.

Il tempo stava volando via. Da giovane volevo andare a visitare il mondo, tutto il mondo. E per fortuna avevo viaggiato molto. Ma sarei riuscito a mettere qualche bandierina in quei posti da sogno che ancora non conoscevo? A scivolare in slitta sul pack antartico? Ad attraversare la tundra in una carrozza della mitica Transiberiana? No, tutto ciò sarebbe rimasto un sogno. Viaggi che non avrei fatto mai più. E non mi sarei mai comprato quell'appartamentino in Boulevard Saint-Germain, a Parigi, dove speravo di trascorrere la vecchiaia, scendendo ogni tanto al Café Flore a leggere i giornali.

No, non sarei riuscito a fare le cose che contano di più nel bilancio finale. Non sarei riuscito a lasciare un segno davvero importante del mio lavoro. Qualcosa avevo fatto, però avrei potuto fare di meglio. Ma soprattutto avevo fatto abbastanza per le persone alle quali volevo bene? Perché quello, in fondo, sarebbe stato il mio più bel film, il mio più bel libro. Il mio articolo più riuscito.

Lo sguardo mi cadde sulla foto di mio padre seduto al suo pianoforte. In giacca e cravatta, elegante. Un vero signore. Mi guardava con il suo sorriso pacato, come a rassicurarmi.

Magari sorrideva perché lui, da lassù, già sapeva cosa succede dopo.

Verso mezzogiorno presi un taxi. Volevo andare a comprare il regalo di Natale per Pamela. Pensavo a un nuovo tablet multifunzione, nel quale avrebbe potuto scaricare i suoi amatissimi audiolibri. Da quando era stata costretta a mettersi gli occhiali, Pamela, invece di leggere, preferiva ascoltare. Sosteneva che godersi un libro in lingua originale, letto dall'autore o da qualche grande attore, fosse un'esperienza straordinaria.

Punti di vista. Io restavo incollato alla vecchia carta e alle pagine che si sfogliano. Tuttavia rispettavo la sua scelta. Dissi al tassista di dirigersi a San Annibale, a uno di quei centri commerciali che vendono a basso prezzo quelle nuove diavolerie elettroniche.

Avevo voglia di parlare e spiegai al tassista, un vecchio romano verace, la ragione della mia corsa. E lui non perse l'occasione per raccontarmi una sua meravigliosa esperienza personale, legata alle nuove tecnologie dilaganti.

Mi disse che sua figlia diciottenne, computer dipendente, aveva incontrato un ragazzo che le piaceva. Ma non l'aveva incontrato per strada, l'aveva conosciuto in Rete, nel mondo delle chat. I due avevano cominciato a messaggiarsi. All'inizio in maniera sporadica, poi in continuazione. Siccome la cosa stava andando avanti da circa un mese, il tassista le aveva chiesto cosa si dicevano per ore e ore, attaccati al computer. La figlia gli aveva risposto che oggi nel mondo ci si incontra così e loro stavano cercando di conoscersi meglio, di approfondire le basi di un possibile rapporto. Poi una sera, a cena, aveva chiesto alla figlia: "Ma 'sto ragazzo, 'ndo abita? A Bolzano? A Berlino? A Buenos Aires?". La figlia gli aveva risposto: "No, sta a Grottaferrata".

Preso da un attacco di rabbia, mentre guidava, il tassista si girò verso di me e urlò:

«Dotto', ma se rende conto? Noi abitiamo a Cinecittà, ma Cinecittà in fondo, quasi ai Castelli! Lui abita a Grottaferrata! A cinque chilometri in linea d'aria! Ma 'sti du' scemi invece de passa' le ore per conoscersi sul computer, un mese fa non se potevano da' un appuntamento a metà strada, che so a Frascati, così se vedevano in faccia?»

Gli lasciai una mancia esagerata. Cinquanta euro. Regalo di Natale, gli dissi. Lui fissò la banconota, stranito. Non capiva. Non poteva sapere che con quella sua storia personale mi aveva suggerito il finale del trattamento per De Laurentiis. Viviana, dopo essere stata lasciata dal suo ultimo patetico amante, decide di tornare nel suo paesino al Sud. Prende un taxi per andare in stazione. Piange. È disperata. Ma il conducente le racconta quella storia della figlia che chatta con il giovanotto di Grottaferrata e lei ritrova il sorriso. Ride. Ride con gli occhi bagnati di lacrime. Non ha futuro, ma Roma, alla fine, con il suo umorismo, l'ha rassicurata. Nell'ultima inquadratura del film si vede il taxi che si allontana accompagnato dalla voce fuori campo di Viviana, che dice: "Non vado più alla stazione. Mi porti in una trattoria. Ho fame. Voglio bere un buon bicchiere di vino. Da oggi devo essere felice. Devo ridere. Penso di meritarmelo".

Chissà, con un finale così avrei potuto anche sfiorare il David di Donatello.

Quella sera, il Tg3 regionale diede la notizia che il giudice del riesame aveva fatto scarcerare Neiva Olivares, la presunta assassina di Domenico Greco. Era stata accolta un'istanza della difesa che, in mancanza di prove, aveva messo in risalto l'inconsistenza degli indizi a carico della brasiliana. Non certo sufficienti a tenerla reclusa in un carcere.

Mandai subito un sms a Claudia: "Sono felice per la tua amica. Passerà un Natale più tranquillo".

La sua risposta arrivò dopo pochi attimi: "Visto che tu stai con tua moglie, passerò il Natale con lei".

Le donne sono perfide. Riescono a instillarti il senso di colpa anche quando non sei colpevole di nulla. Claudia non era la mia amante. Tra noi c'era solo un'*affettuosa amicizia*, come scrivono sui giornali rosa. Senza impegni reciprochi.

Sulla porta dello studio fece capolino Pamela.

«Ci ho pensato» mi annunciò. «Se vuoi, la sera di Natale possiamo andare a cena dalla tua amica Lavinia.»

Non me l'aspettavo.

«Ma tu non preferivi andare dai De Laurentiis?» le feci.

Pamela sorrise:

«Sì. Ma i De Laurentiis hanno cancellato. Partono per le Maldive.»

Mi venne da ridere, e mi tornò in mente Mario Monicelli. Prima di morire aveva lasciato detto che sulla sua tomba avrebbe voluto, come epitaffio: "Non andò mai alle Maldive".

Lavinia aveva organizzato quello che in Francia definiscono un "grand dîner". La tavola della sala da pranzo di palazzo Orsato della Torre era imbandita come in un film di Ivory. Porcellane di Sèvres, bicchieri di cristallo di Boemia, posate inglesi, tovaglia di fiandra, luccicanti candelabri. E tutto intorno un balletto di camerieri in tenuta di gala.

Eravamo in ventiquattro. Uomini in *dinner jacket* e signore in lungo. A parte noi. Pamela in giacca e pantaloni di raso nero, io in abito e cravatta blu. Anche se discretamente eleganti, eravamo un pugno nell'occhio nel totale dell'inquadratura. Non ce ne curammo più di tanto. Io sono un mezzo artista, mia moglie è americana, e così nessuno osò rimproverarci per lo sbagliatissimo *dress code.*

Intorno a quel tavolo della cuccagna, un meraviglioso ma quasi ridicolo reperto del mondo ottocentesco, c'era tutta la *haute* della nobiltà romana.

Pamela, per squisita e un po' ipocrita concessione di Lavinia, che non legava affatto con lei, era seduta alla sinistra di suo marito, il principe Annibale. Io ero al centro del tavolo, seduto alla destra della principessa Domietta Ortari, cugina di Annibale e quindi parente acquisita di Lavinia.

Anche con lei Lavinia legava poco. Era la sua grande rivale in società. La principessa Domietta Ortari, infatti, nasceva con un pedigree simile a quello di un purosangue di razza. Sui rami del suo albero genealogico erano impressi i nomi più prestigiosi delle antiche famiglie della nobiltà italiana. I marchesi Gonzaga di Mantova, i baroni palermitani di Castelvetrano, i conti del Benino di Firenze e soprattutto il nome di sua madre, la principessa Belmonte di Napoli, che si era sposata con il romanissimo principe Orsato della Torre, zio paterno di Annibale. Con il peso di quei blasoni alle spalle, Domietta era nata principessa quasi per magia cromosomica, prima ancora di ricevere quell'educazione sofisticata con la quale una grande famiglia cerca di rendere i comportamenti dei propri rampolli omologhi a quelli che la rigida tradizione degli avi impone. Domietta era principessa nel profondo di se stessa, là dove i geni regolati dalla biologia, o dal destino, ci costruiscono in maniera primaria, marchiando la nostra vita aldilà di quello che ci viene inculcato nel tempo attraverso le regole sociali del mondo al quale apparteniamo. Sposando a ventidue anni l'allegro e simpaticissimo principe Ortari, magnifico esempio di aristocratico nullafacente, dedito unicamente a conservare i propri beni, aveva rafforzato quella sua innata disposizione a essere nobile, là dove per nobile s'intende una propensione bizzarra a rispettare tradizioni fuori moda nel mondo degli altri, ma che rappresentano una formidabile forza per chi quel mondo lo frequenta.

Domietta era una donna semplice, ma capace di stravaganti eccessi. Era ricca, talvolta volubile, di intelligenza raffinata e di gusti internazionali.

La sua era una bellezza particolare, qualcosa che aveva a che vedere con la sensualità e una certa malizia. Due qualità femminili che possedeva in maniera naturale. E che lei, di tanto in tanto, usava per soddisfare i suoi piccoli capricci di donna del gran mondo. Perché, in fin dei conti, quello era, una donna del gran mondo, forse addolcita da qualità umane che l'accomunavano alle donne della società meno altisonante, ma pur sempre conscia di occupare un posto elitario nelle trame mondane dei privilegiati.

Allora non potevo ancora immaginarlo, ma Domietta sarebbe stata la vera protagonista della storia di quel lungo inverno che stavamo vivendo a Roma. Ne ebbi un primo sentore vedendo Roberto Bassani seduto accanto a lei. Lavinia aveva invitato anche lui alla sua cena di Natale. Ma perché aveva messo la cugina Domietta accanto all'enigmatico finanziere? Fu lei stessa a raccontarmelo qualche giorno dopo. Lavinia conosceva il grande segreto nascosto nel fondo del cuore di Domietta: il suo amore mai confessato per Roberto Bassani. I due si conoscevano sin dall'adolescenza. Domietta lo aveva sempre avuto accanto, amandolo segretamente. Aveva sempre cullato il proposito di svelargli il suo sentimento antico, convinta di potere essere ricambiata, rinviando però il momento di quella rivelazione alla data incerta di un futuro, sempre prossimo, che però non diventò mai un presente, così come la gran parte degli uomini rimanda le cose davvero importanti che non ha ancora realizzato nella vita a un tempo successivo, che non arriva mai.

Lavinia era una donna crudele. Detestava Domietta conscia del fatto che era lei la vera grande principessa romana. Solo lei avrebbe potuto scalzarla dal ruolo di prima donna dell'aristocrazia nera. E quindi, per crudeltà, sapendo che non aveva mai avuto la forza di confessare a Roberto il suo amore, la fece sedere accanto a lui; un aristocratico dispetto.

Tutto questo io ancora non lo sapevo. E trascorsi la serata a cena conversando amabilmente di cinema e viaggi con la garbata principessa Domietta. Bassani non mi rivolse mai la parola. Né, mi parve, si dilungò più di tanto con la sua vicina. Preferì rivolgere la sua attenzione all'altra nobildonna seduta accanto a lui, una vecchia mummia ingioiellata con la quale parlava in inglese. Era uno snob insopportabile.

Dopo cena ci fu un breve scambio di regalini. Anzi, di *pensierini*. Poi, tutti a casa.

Nel gran mondo, quello veramente elegante, è difficile tirare tardi la notte.

Pamela e io andammo alla messa di mezzanotte in piazza del Popolo. Nella chiesa degli artisti. Suonarono alcuni brani del meraviglioso *Stabat Mater* di Pergolesi. Un capolavoro settecentesco che ogni volta mi emoziona fino alle lacrime.

Passammo il Natale con mio fratello Stefano e la sua famiglia. Persone stupende che la vita mi ha concesso in dote. Forse per puro caso. Ma che io amo profondamente.

Il 29 mattina ricevetti una strana telefonata. Quella di Roffredo Cafiero d'Aragona, il marchese napoletano gay che avevo rivisto alla cena di Lavinia, dove aveva tenuto banco con i suoi racconti spiritosi.

«Le vorrei parlare» mi disse.

«Facciamo dopo Capodanno, tanto io resto a Roma» risposi.

«Sarebbe meglio prima. Se oggi ha un'oretta libera la posso incontrare.»

Quella sua insistenza m'incuriosì.

Fissammo a casa sua, nel primo pomeriggio.

Il piccolo salotto nel quale eravamo seduti era immerso in una penombra malsana. Quella dell'indigenza del marchese, costretto dalle sue ristrettezze economiche a risparmiare addirittura sulla luce da offrire agli ospiti nel suo appartamentino al Pantheon.

Non ci feci granché caso. Ero ansioso di sapere come mai Roffredo mi aveva convocato con tutta quella urgenza. Lui e io ci conoscevamo appena. Cosa voleva da me?

«Federico, quello che le sto per raccontare le sembrerà ridicolo. Ma alla fine vedrà che il nostro incontro non sarà stato inutile.»

Ero sempre più intrigato.

«Sa da quanto tempo conosco Lavinia? *Lassammo sta' che*

se no mi piglia la malincunia. Fu a una colazione in campagna dalla duchessa Vivarelli. Mangiammo *'na schifezza.* Lavinia portava un vestito a fiori e degli orecchini di corallo. La scrutai per tutto il tempo. Ricordo ancora la prima cosa che le dissi: "Darei metà della mia vecchiaia per essere cinque minuti uguale a lei".» Cafiero d'Aragona sorrise. «Lo penso ancora oggi» aggiunse poi. Ma subito cambiò espressione, facendosi serio: «Lei l'ha guardata bene l'altra sera alla cena? Io sì. Ho visto dentro al grigio dei suoi occhi, con lucida chiarezza, l'ombra del tempo che prima o poi la devasterà».

Mi sembrò davvero un discorso alquanto ridicolo. Mi aveva convocato a casa sua per divagare mondanamente sui disastri che crea il tempo?

Ma non era così.

Riprese a parlare:

«*'O problema* è che Lavinia, pur essendo ancora bellissima, non si ama più. Da tanto tempo. Ha paura di invecchiare. Non sa come affrontare le sue prime rughe. Quando si osserva allo specchio si detesta. E questo inizia a renderla fragile. Un tempo era una principessa di ferro, oggi è una donna di vetro. Può finire in frantumi da un momento all'altro.»

«Perché mi racconta queste cose?» gli chiesi annoiato.

«Io e Lavinia siamo molto in confidenza. So che tra voi esiste un rapporto antico. Siete vecchi amici. Amici veri. E visto che vi volete bene, la prego d'intervenire.»

«Cosa dovrei fare?»

Roffredo aspirò una lunga boccata della sua finissima Cartier. Poi, espirando, mi fece:

«Le dia un consiglio. Quello di non mettersi contro sua cugina Domietta. Se mai lo facesse, ne pagherebbe delle gravi conseguenze.»

Lo fissai cercando d'interpretare le sue ultime parole.

«Marchese, io faccio lo scrittore. Non sono abituato alle chiacchiere di società. Per capire ho bisogno di concetti chiari.»

Roffredo sorrise:

«Lei sa benissimo di cosa sto parlando. Lo sa perché glielo ha raccontato Lavinia ieri pomeriggio da Babington's.»

Era vero. Il giorno prima avevo preso un tè con la principessa e lei mi aveva messo al corrente dei sentimenti nascosti della cugina.

«Domietta è innamorata di Roberto Bassani» proseguì Cafiero d'Aragona. «Un uomo spregevole che io detesto. E Domietta sa che Lavinia, molti anni fa, ci andò a letto, con Bassani.»

Mi venne da ridere:

«Lei allora sa proprio tutto.»

«Certamente» rispose Cafiero d'Aragona con quel suo irresistibile tono chic. «Mi diverte *assai impicciarmi.* Ma le assicuro che in questa storia non c'è niente da ridere.»

Fece una breve pausa. Poi aggiunse, perfido:

«Lavinia si sente tanto Lucrezia Borgia, invece è rimasta la piccolo borghese che era. *'Na mezza calzetta.* Domietta invece è nata principessa. Sa fiutare l'odore marcio di una congiura di palazzo. Voglio dire che se Lavinia prova a dichiarare guerra alla cugina di suo marito, finirà travolta dalla sua ossessiva sete di potere. Dia retta a me, Federico, convinca Lavinia a non fare sciocchezze.»

«Ma lei da che parte sta?» mi venne da chiedergli. «La credevo un grande amico di Lavinia. E invece scopro che la considera una "mezza calza".»

«Lo è, mio caro» rispose candidamente. «D'altronde non si diventa principessa con un matrimonio. Bisogna nascerci, principessa. Io mi onoro della sua amicizia. Ma per me questo legame significa soltanto due cose: qualche cena a sbafo e un po' di soldi che ogni tanto Lavinia mi passa con estrema generosità. *Ch'aggia fa'?* Sono un povero marchese squattrinato. E pure i marchesi *hann'a pava' l'affitto.*»

Rimasi sconcertato dalla sua gelida e rapace sincerità. In un film non avrei mai potuto inventare un personaggio così abietto e allo stesso tempo così affascinante.

Il quadro della situazione si era fatto più chiaro. Ma volevo capire meglio:

«Cosa può fare di così terribile la principessa Domietta, tale da distruggere Lavinia?»

«Domietta sa che Lavinia e Bassani continuano ad avere una relazione» esclamò.

Rimasi basito.

«Lavinia e Bassani hanno una relazione?»

Roffredo gongolava di piacere. Trovarsi in mezzo ai pettegolezzi mondani era la sua massima gioia:

«Diciamo che hanno una relazione complessa. Ma ce l'hanno.»

«Complessa come?»

Mi sorrise:

«Sono maligno, ma non sono crudele. Dopotutto Lavinia mi mantiene. Che Dio la protegga.»

Con questa frase enigmatica mise fine alla nostra conversazione.

Sulla porta, prima di congedarmi da lui, gli dissi:

«Pensi, marchese, fino a qualche tempo fa credevo che a Bassani piacessero gli uomini.»

«E non si sbagliava» rispose lui con un leggero fremito della voce. «Bassani e io abbiamo avuto diversi fidanzati in comune.»

Ero tornato al punto di partenza.

Dopo quello che mi aveva rivelato il marchese Cafiero d'Aragona scacciai dalla mente ogni mio precedente dubbio. Bassani era stato certamente l'amante del povero Domenico Greco.

Certo, come uomo era difficile inquadrarlo in maniera precisa. Non era solo gay. Perché, a sentire quel maligno del marchese, Bassani andava a letto anche con Lavinia. Cafiero d'Aragona mentiva? Ma se sì, per quale misteriosa ragione?

Uscendo dal nostro incontro, questi dubbi – dubbi futili in un certo senso, legati a un gossip mondano da cronaca francese del Settecento – mi giravano vorticosamente in testa. Ma erano poi così futili? Perché se Bassani era stato l'amante di Domenico, tutto lo scenario di quel feroce omicidio poteva trovare una spiegazione che né il commissario Margiotta, né il mio amico Maselli avevano ancora preso in considerazione fino in fondo. Quando ero andato a raccontare a Maselli che, secondo me, Bassani e Domenico se la intendevano, gli avevo già fornito quella chiave investigativa da approfondire. Ma allora, dopo aver fatto il suo solito testardo giro di telefonate, Maselli aveva collezionato delle conferme di segno opposto: Bassani aveva diverse amanti. Tutte donne.

Tornai verso casa, attraversando il centro.

Nelle strade stava salendo la febbre di fine anno. In giro c'era la gente di Roma. Uomini, donne, ragazzi, pupi. In via del Corso mi fermai a guardarli, come pesci in un acquario. E mi prese un senso di profondo malessere.

Non mi piaceva più vivere nella mia città. Roma era diventata una metropoli pasticciona, poco affidabile, sgangherata, che mi metteva di cattivo umore. Eppure, quella città era meravigliosa. Aveva dalla sua parte la storia, la bellezza, l'arte, la simpatia, il clima, i colori, il cibo, insieme a quella leggerezza congenita che molte altre città le invidiavano. Peccato, perché queste sue qualità erano state cancellate dalla sua superficialità e dalla sua dissennata incoscienza.

Non mi piacevano più le sue strade. Erano un caotico e informe parcheggio di automobili, motorini, macchinette per teenager sciocchini. Scatolame urbano allineato in doppia fila, talvolta addirittura in tripla. Nelle altre città non succedeva. E io cominciavo a preferirle. Non mi piacevano i marciapiedi lerci, dove la gente buttava sigarette, scontrini, Kleenex. Tutto ciò mi irritava e, arrivato alla mia età, mi disgustava. Da tempo non mi piaceva più guidare. E infatti camminavo, o usavo il taxi. In macchina c'era sempre qualcuno che ti superava a destra, ti stringeva, ti suonava dietro perché aveva fretta, rallentava all'improvviso, guidava parlando al cellulare. C'era ancora chi ti faceva le corna, proprio come nei film di Alberto Sordi degli anni Sessanta. Tutto ciò mi provocava rabbia, malinconia e un senso infinito di pena.

Il centro storico sembrava un bar a cielo aperto, i tavolini erano sparsi dappertutto. Con la loro ossessiva presenza avevano cancellato le simmetrie disegnate dai geni del barocco. Oramai Roma assomigliava a un mercatone cafone del vicino Medio Oriente. Musica sparata dagli altoparlanti, merce dozzinale. Avevano spazzato via i negozi della tradizione per sostituirli con quelli della globalizzazione. Non era stato un affare per la nostra città. Perché si era insinuato il brutto in una città che, invece, era bella.

E non mi piacevano più gli abitanti della mia città. Gli uomini ancora insidiavano le straniere per strada. Che schifo di uomini. Le donne si vestivano quasi tutte da Lady Gaga, dimenticando che fino a poco tempo fa Roma era stata la casa madre di Valentino. E prima ancora di Capucci.

Della mia città non mi piaceva quasi più nulla. Avevano chiuso molti cinema. Le buche per le strade ci risucchiavano. E non si facevano opere pubbliche. Oramai a Roma, lo pensai con dolore, pensavano tutti a *magna'*. Nel senso di *ruba'*.

Tutte cose che avrei inserito nel film per De Laurentiis, se mai fossimo andati avanti con la sceneggiatura.

«Perché Roberto Bassani avrebbe dovuto uccidere Domenico Greco?» mi chiese, con un certo stupore, il direttore del "Messaggero".

Era un uomo intelligente, dotato di un ottimo senso dell'umorismo, e con un fiuto micidiale per le notizie davvero importanti. Se ne stava seduto nel suo ufficio ai piani alti del palazzo di via del Tritone, e mi osservava con un certo scetticismo.

Lui e io ci vedevamo di rado. Non sono quel tipo di giornalista che fa la fila fuori dalla porta dei direttori, e lui lo sapeva. Per questo mi aveva concesso udienza a poche ore dal Capodanno: quando lo disturbavo esisteva una ragione seria.

«Non ti ho detto che è stato Bassani a uccidere Domenico Greco» gli risposi. «Ho solo detto che andrebbe aperto un nuovo filone d'inchiesta che tenga conto della relazione tra i due.»

«Vuoi occupartene tu?» mi fece, secco.

«Io mi occupo di cronaca mondana, non faccio la nera» esclamai divertito. «E poi se togli il caso a Maselli quello mi ammazza!»

«Be', almeno sarebbe un omicidio risolto. Potremmo sbattere subito la foto dell'assassino in prima pagina!» ridacchiò il direttore.

«Magari posso collaborare esternamente con Maselli. Sempre che lui accetti.»

«Se non accetta lo sbatto alla sede di Pescara» esclamò.

Poi, intuendo di averla detta grossa, si corresse:

«Scherzo. Un direttore non può cacciare nessuno. Se mai può essere cacciato.»

Era proprio spiritoso, quello sì.

«Pensi almeno di avere il potere di parlarci, con Maselli?» lo provocai.

«Sì, quando torna da Roccaraso gli parlerò. È andato per tre giorni a sciare. Chissà, forse si romperà una gamba. E allora il caso diventerà per forza tuo.»

È il giornalismo, bellezze. Cinico. Che non cambia mai.

La mattina del 30 dicembre Pamela mi chiese di andare a Firenze, a festeggiare il Capodanno da Paolo Romanazzi. Una notizia imprevista, piovuta dal cielo. Scappare da Roma per qualche ora mi sembrò un'ottima soluzione esistenziale. Andammo ad alloggiare a Villa Liana, un piccolo albergo a pochi metri da piazza D'Azeglio dove abitava il nostro amico Paolo, un simpatico imprenditore pugliese con la fissa del divertimento. Si trovava in un quartiere molto elegante, che mi ricordò la zona del Parc Monceau a Parigi. Nel breve periodo in cui Firenze fu capitale d'Italia, il villino Liana aveva ospitato il consolato inglese. E nell'hotel ancora si respirava un *british flavour*, fatto di *trompe-l'œil* un po' orientalisti, *bric-à-brac* vario, un giardino di gusto britannico.

Era da più di vent'anni che Pamela e io non andavamo a Firenze. Ritrovai subito quell'incanto nelle proporzioni dei palazzi, delle strade, delle statue, che da ragazzo mi avevano stregato.

E poi, finalmente, scoccò l'ora del festone in casa Romanazzi. Dimora spettacolosa: stile liberty fuori, ma settecentesco dentro. Un mix voluto dal principe Strozzi, che aveva abitato in quel palazzetto. Anche lì, come a Natale da Lavinia, cravatta nera e abiti lunghi: uno chic di gran livello. E anche lì, Pamela e io totalmente fuori *dress code*.

Nel viavai degli invitati, molti venuti anche da Roma, facevano la loro strepitosa e provocante figura ragazze russe, orientali e svedesi. Spacchi, minigonne e tacchi inverosimili. Insomma, un Capodanno allegro, annaffiato da ottimo vino e rinforzato da un buffet di categoria.

Quella serata, però, già speciale di suo, diventò elettrizzante quando vidi entrare, dopo mezzanotte, un gruppetto di ospiti che avevano festeggiato altrove e che erano venuti a iniziare l'anno nuovo nell'allegria di casa Romanazzi. La nutrita compagnia era capitanata dal mio vecchio conoscente Ferdinando Frescobaldi, il più elegante e interessante marchese della città.

Insieme a lui c'era la principessa Domietta Ortari, la cugina di Lavinia. Quando la vidi – indossava un abito lungo nero, meraviglioso – mi affrettai a salutarla.

Si illuminò:

«Caro Federico. Allora è destino. Era scritto da qualche parte che avremmo trascorso le feste insieme. Prima il Natale e adesso anche il Capodanno.»

La trovai ancora più bella che a palazzo da Lavinia. Irradiava una luce speciale. Quasi magnetica.

Notai con una certa sorpresa che suo marito non era con lei. Ma non chiesi spiegazioni. Come mi aveva raccontato Lavinia, il loro era un matrimonio senza vincoli.

Domietta mi prese sottobraccio e, mentre il marchese Frescobaldi s'intratteneva in inglese con Pamela sugli ultimi gossip di New York, da dove era appena rientrato, ci spostammo nello studio.

Dopo i racconti che mi avevano fatto di lei Lavinia e il marchese Cafiero d'Aragona, quella splendida nobildonna era diventata qualcosa che andava aldilà della bellezza e del rango. Era diventata una donna misteriosa. E i misteri stuzzicano non solo la curiosità, ma soprattutto l'intelligenza.

E quindi, iniziando a chiacchierare, provai a usare l'intelligenza. Come in una partita a scacchi.

«Principessa, già sapeva che io e Lavinia siamo grandi amici?»

Domietta sorrise:

«Parliamo poco, io e lei. Io sono molto riservata e Lavinia, probabilmente, è un po' gelosa dei suoi amici più cari.»

«Ha ragione. Anche Lavinia non mi ha mai raccontato nulla di lei. Eppure siete parenti, e quindi, immagino, tra voi esiste una grande confidenza.»

«Siamo solo cugine acquisite» rispose.

E con quelle parole chiuse l'argomento in maniera esauriente. Ma fu lei a riprendere subito la conversazione.

«Visto che si parla di amici comuni, lei conosceva già Roberto Bassani? Si ricorda? A Natale era seduto accanto a me.»

Senza immaginarlo, Domietta mi aveva portato proprio lì dove volevo arrivare.

«Sì, l'ho incontrato un paio di volte negli ultimi mesi. Ma la nostra non è esattamente un'amicizia, è solo una superficiale conoscenza.»

«Io invece lo conosco da quando sono ragazza» fece lei.

«Mi dicono che è un uomo molto interessante.»

«Forse qualcosa di più» sentenziò.

«In che senso?»

«È intelligente, è elegante, è ricco» rispose Domietta. «Ed è anche bello. Una cosa non di poco conto per noi donne.»

«Forse lo è anche per certi uomini» le feci, provando a farla cadere in una trappola velenosa.

La mia battuta non le piacque affatto. Segno, forse, che avevo centrato il bersaglio.

«Non credo che Roberto apprezzi l'interesse degli altri maschi» commentò.

Feci una rapida marcia indietro:

«Era solo una battuta. Sa, scrivendo commedie sono abituato a dire qualche sciocchezza. Ma solo per il gusto sciocco della battuta.»

Domietta si rasserenò:

«Adoro i suoi articoli sul "Messaggero". Lei sa cogliere in maniera molto acuta gli aspetti divertenti della vita sociale della nostra povera città.»

«Ah, esiste ancora una vita sociale nella nostra città? Pensavo fosse stata abolita» le dissi sorridendo.

«Quando racconta delle *finte bionde*, mi piace da pazzi!»

«Da parte di una principessa bionda è un gran bel complimento.»

Abbassò la voce, con aria complice:

«Guardi, Federico, che sono un po' *finta bionda* anch'io. Comincio ad avere qualche capello bianco. Una cosa orribile. Meno male che esistono i parrucchieri con i loro meravigliosi colpi di sole.»

«Non se ne faccia un cruccio, Domietta. Quello delle *finte bionde* non è un problema di colore dei capelli. Loro sono una categoria dello spirito. Della quale lei certamente non fa parte.»

Si mise a ridere:

«Allora, se vogliamo dirla tutta, anche mia cugina Lavinia è una *finta bionda* acquisita. Ho visto delle sue foto da bambina, era castana.»

Era una iena. Di classe, ma una vera iena.

Non caddi nella trappola:

«Sa, io a Lavinia voglio molto bene. E le perdono tutto.»

A un tratto la conversazione virò su temi meno personali. Discutemmo un po' di politica, argomento nel quale mi parve abbastanza rozza. Dopodiché mi raccontò dei suoi frequenti viaggi in India.

«Cosa le piace dell'India?» domandai.

Rispose d'un fiato:

«È curioso. È l'unico Paese in cui mi sento davvero principessa.»

«In che senso?»

«In India credono che esistano ancora le caste. E secondo loro io appartengo alla più alta. Sa cosa mi fa provare questa loro devozione? Un senso di responsabilità. Perché essere nobili significa sentirsi responsabili della felicità del popolo.»

Lo aveva detto con ingenua e profonda sincerità. Non capiva un accidenti di politica ma aveva i piedi ben piantati nella sua storia. La nobiltà si era retta per secoli su questo patto di fiducia tra regnanti e sudditi. Quando era venuto meno, erano saltate un po' di teste blasonate. Certo, sentire dire una cosa del genere nel terzo millennio aveva un non so che di comicamente malinconico.

Rientrando nella camera di Villa Liana riferii a Pamela la mia conversazione con la principessa Ortari. Lei commentò, con la perfidia di molti intellettuali americani – e Pamela lo era, perché prima di dedicarsi a farmi vivere tranquillo aveva scritto diversi romanzi:

«Da ragazza ho letto in un vecchio manuale francese che l'uguaglianza, che ossessiona così tanto il popolo, esiste veramente soltanto tra i nobili.»

Battuta formidabile per iniziare l'anno nuovo.

Il seguito di quell'inizio d'anno fu meno formidabile. Non appena rientrai a Roma mi telefonò il commissario Margiotta. Voleva che passassi a trovarlo.

La sua voce mi provocò come un senso di malessere. Anzi, di insicurezza. Cosa voleva da me Margiotta?

Andai a fargli visita l'indomani stesso.

Ritrovai quel poliziotto educato che avevo conosciuto il giorno del nostro primo incontro. Mi fece accomodare nel suo ufficio, dove poco dopo un poliziotto ci portò un caffè con dei tozzetti dolci.

«Mi dispiace di doverla disturbare ancora una volta» esordì dopo qualche banale chiacchiera di routine. «Lei è un giornalista e segue la cronaca. Avrà letto che hanno scarcerato una donna brasiliana.»

«Neiva Olivares» dissi.

Margiotta sorrise:

«Esatto. Io l'avevo fatta arrestare perché ero convinto della sua colpevolezza. E credo ancora che sia stata lei a uccidere Domenico Greco. Ma siamo in democrazia e non esiste il pensiero unico. C'è un giudice che non la pensa come me e l'ha rimessa in libertà.»

«Meglio un colpevole fuori che un innocente dentro» risposi, semplificando il mio pensiero con un luogo comune. «Sa, essendo liberale, sono garantista.»

Margiotta sorrise:

«Oggi sono diventati tutti un po' troppo liberali.»

«Già» ammisi. «Una volta eravamo quattro gatti. Oggi invece un po' chiunque si professa liberale: ex comunisti, ex fascisti, ex democristiani. C'è poco da ridere, ma mi lasci almeno sorridere.»

Margiotta cambiò espressione e venne al dunque:

«Lei conosce la signorina Claudia Perez?»

Era proprio la domanda che mi aspettavo. I poliziotti ci mettono del tempo, ma poi finiscono per tirare le somme dei loro interrogatori.

«Se me lo chiede, immagino che sappia già la risposta» feci.

«Sì. Lei e la signorina Perez vi vedete saltuariamente in un albergo della Nomentana.»

«Trattasi di reato?»

Margiotta sorrise di nuovo:

«Dottore, questo non è un interrogatorio. È una semplice chiacchierata. Si rilassi.»

«Guardi che nei film noi facciamo sempre dire delle robe del genere all'investigatore. Poi finisce che il tizio che chiacchierava esce in manette.»

«Tranquillo. Quel giudice che non la pensa come me la tirerebbe subito fuori.»

Aveva il senso dell'umorismo. Ma decisi di smetterla con quel gioco di fioretto:

«Sì, vado a letto con Claudia Perez. Pur essendo un uomo sposato. Ci vado perché mi va, mi diverte, mi fa star bene e mi dà un bel po' di sane illusioni. So che Claudia è amica di Neiva Olivares, la sua sospettata. Ma io non l'ho mai incontrata. Claudia conosceva anche Domenico Greco. Mi ha raccontato che lui e Neiva litigavano. Lei era gelosa. Pare che, una volta, lui l'abbia picchiata. Claudia, però, pensa che Neiva non possa aver ucciso Domenico.»

«Complimenti» fece Margiotta. «Si vede che lei ha il dono della sintesi. Con poche parole mi ha confermato tutto quello che ha dichiarato qui la signorina Perez durante la sua testimonianza.»

«Significa che adesso mi chiama un taxi?» gli feci.

«No, aspetti. Nella sua ricostruzione manca un tassello. Un tassello importante. Che lei probabilmente ignora. La sua amica Claudia e Neiva Olivares hanno una relazione.»

Fui letteralmente preso di contropiede:

«Cosa intende per "relazione"?»

«Una relazione intima. Una relazione sentimentale.»

«Claudia va a letto con la brasiliana?» esclamai sconcertato.

«Lo ignorava?»

«Totalmente» balbettai.

«Invece io ne ho la certezza. Il fatto è stato confermato da diverse colleghe della Perez e della Olivares. Negli ambienti delle palestre romane è quella che si chiama una *vox populi*.»

Improvvisamente mi ritrovai con il cervello in panne. Era quello che nel mio lavoro si definisce "un colpo di scena". Sullo schermo può essere divertente. Nella vita vera è uno sconquasso.

«Quindi, se capisco bene...» gli dissi ansimando «visto che lei è convinto che a uccidere Domenico Greco è stata Neiva, pensa che anche Claudia possa avere avuto un ruolo nella dinamica dell'omicidio.»

«Esatto, dottore. Beninteso, è solo un sospetto. Le chiedo però di fare mente locale e di dirmi se, alla luce di questi nuovi elementi, lei ricorda qualcosa che possa essermi utile. Ma soprattutto le chiederei se è in grado di confermare quello che la signorina Perez, la quale stamattina è stata di nuovo interrogata, ci ha fornito come suo alibi all'ora in cui Domenico Greco è stato ucciso.»

«Quale?» chiesi con un filo di voce.

«La Perez dice di aver trascorso il pomeriggio di quella domenica a casa sua, in via Pompeo Magno. A me è parso strano, visto che lei è sposato.»

Ci misi un attimo a rispondere:

«Mia moglie quella domenica era a Boston da suo fratello. In America.»

Margiotta annuì:

«Quindi lei conferma che la signorina Claudia Perez ha passato il pomeriggio in casa sua?»

«Sì, lo confermo.»

Margiotta mi fissò intensamente. Poi si alzò e disse, sorridendo:

«Vede, non è finito in manette. Adesso le chiamo subito un taxi.»

Dalla Balduina a via Pompeo Magno il taxi ci mise pochi minuti. Che a me parvero un'eternità.

Avevo il terremoto in testa.

Claudia era l'amante di Neiva Olivares. Ma non solo. Claudia aveva fornito a Margiotta un alibi falso, dicendo che quel pomeriggio era stata con me, in casa mia. E io avevo confermato la sua bugia.

Perché avevo mentito?

Ma quella non era l'unica domanda che mi assillava. Come mai Claudia non mi aveva chiamato per dirmi che era stata interrogata di nuovo e che aveva fornito un alibi falso? Cosa nascondeva? Era coinvolta in qualche modo nell'omicidio di Domenico Greco?

Probabilmente Claudia non aveva fatto in tempo ad avvisarmi, visto che era stata interrogata poche ore prima che io andassi a parlare con Margiotta. Ma sarebbe bastata una telefonata. Forse, però, temeva di avere il telefono sotto controllo. Avrebbe comunque potuto trovare un altro modo di avvisarmi. Perché se io non avessi confermato il suo alibi lei avrebbe rischiato di finire inquisita per falsa testimonianza. E la sua posizione, già scomoda, si sarebbe aggravata.

Io, però, avevo confermato la sua menzogna. E adesso rischiavo come lei l'accusa di falsa testimonianza.

Tante domande. Troppe.

Dovevo vedere Claudia subito.

«Ho cambiato idea» dissi al tassista. «Adesso andiamo da un'altra parte.»

Sapevo che, di pomeriggio, Claudia insegnava in una palestra di viale Parioli.

La trovai lì, mentre faceva pilates con un gruppo di parioline tutte su di peso e tutte griffate, con segni evidenti di vari ritocchini estetici.

Quando mi vide entrare mi lanciò uno sguardo freddo. Era tirata, tesa. Si capiva che la sua mente era altrove.

Finita la lezione uscimmo e andammo a sederci sotto il gazebo di un bar. Il freddo di gennaio era pungente e nei tavolini intorno a noi non c'era nessuno. Potevamo parlare in assoluta tranquillità.

Non mi persi in preamboli:

«Ho confermato a Margiotta che quella domenica pomeriggio, quando fu ucciso Domenico Greco, tu eri a casa mia.»

Claudia rispose senza guardarmi:

«Grazie. Immaginavo che mi avresti aiutata.»

«Sì, ma non so perché l'ho fatto» ribattei.

«Nemmeno io so perché ti ho tirato in ballo» disse lei. «Ero nel panico. Quel commissario si è messo in testa un'idea sbagliata e vuole a tutti i costi incastrarmi.»

Ci fu un lungo silenzio. Poi le chiesi:

«È vero che vai a letto con la brasiliana?»

Non rispose. Era come ammetterlo.

«Sei innamorata di lei?»

Claudia sospirò:

«Federico, non l'hai ancora capito? Io sono innamorata di te. Dal primo giorno che ci siamo incontrati.»

La sua risposta mi entrò nella pancia come una lama affilata.

«Perché non me l'hai mai detto?»

«Tu sei sposato. Lo sapevo quando ti ho conosciuto. Non sono il tipo che cerca di sfasciare le famiglie.»

Mio Dio, eravamo piombati in una squallida storia extramatrimoniale con annessi e connessi. D'altronde, il confine tra tragedia e melodramma è sempre labile in questi casi.

Lei era l'amante che soffre in silenzio, io il solito uomo che non ha le palle per rinunciare alla moglie.

Ma non era così. Non era affatto così. Io e Claudia, in tutti quegli anni, ci eravamo solo divertiti. Mi salì la rabbia.

«Se sei innamorata di me, che cazzo significa andare a letto con una brasiliana?»

«L'ho fatto per non andare a letto con un altro uomo. Ma non importa. Tu non puoi capire come ragiona una donna.»

Le mollai una sberla.

Lei non reagì. Ma i suoi occhi si bagnarono di lacrime.

Le afferrai un polso, stringendolo forte, e le chiesi con tono deciso:

«Lo avete ucciso voi Domenico Greco?»

Claudia si liberò dalla stretta con uno scatto violento:

«Se lo pensi, torna dal commissario Margiotta e digli che ti sei sbagliato. Che quella domenica io non ero a casa tua.»

Si alzò di scatto e scappò via correndo.

La vidi allontanarsi veloce giù per viale Parioli.

Ma il cuore in gola lo avevo io.

Vivevo nell'angoscia. Mi chiamò Maselli, che aveva parlato con il direttore:

«Il capo mi ha detto che dobbiamo seguirla insieme, la storia di Domenico Greco. Mi fa un sacco piacere. Quando ci vediamo?»

Mi parve sincero ma io non seppi cosa rispondere. Come facevo a collaborare con lui, ora che avevo scoperto di avere un'amante in comune con la sospettata numero uno della questura?

In quei giorni mi chiamò Aurelio De Laurentiis. Era tornato dalle Maldive e aveva letto il mio trattamento:

«Mi piace. Fa ridere. Possiamo andare avanti con la sceneggiatura.»

Altro problema. Avevo bisogno di soldi ma non avevo proprio la testa per cominciare a scrivere un film buffo.

Quella che mi angosciava di più, però, era mia moglie Pamela. Prima o poi, il nome di Claudia sarebbe finito sui giornali. In questi casi le fughe di notizie sono quasi all'ordine del giorno. E a quel punto qualcuno avrebbe potuto scoprire che io ero un suo *affettuoso* amico. Come l'avrebbe presa Pamela? Conoscendola, non avrebbe certo chiuso gli occhi e non mi avrebbe fatto sconti.

Infine c'era Claudia. Sosteneva di amarmi, di avermi sempre amato. E questo era un peso inaspettato che mi opprimeva la coscienza come un macigno.

Avrei voluto chiamarla, per rivederla e costruire insieme a lei una linea di condotta comune. Ma temevo che il mio telefono fosse sotto controllo. O quantomeno il suo.

Ero in un cupo vicolo cieco. In attesa di eventi.

Esisteva un solo modo per scacciare dalla mia vita quel profondo malessere. Scoprire chi aveva ucciso Domenico Greco.

Qualche ora dopo – era già calato il buio freddo e precoce del mese di gennaio –, mi ritrovai di nuovo davanti al palazzo di Babington's in piazza di Spagna.

Alzai lo sguardo e vidi le luci dell'attico accese. Probabilmente Roberto Bassani era in casa. Non avevo appuntamento, ma suonai lo stesso al citofono.

Spiegai chi ero alla voce sconosciuta che rispose. E dopo qualche secondo il portone si aprì.

Roberto Bassani mi ricevette nel suo elegante studio tappezzato di stoffe indiane. Quella mia visita inaspettata pareva sorprenderlo.

«Non è mia abitudine presentarmi all'improvviso in casa altrui» gli dissi. «Approfitto della sua gentilezza, visto che, qualche mese fa, una piccola cortesia l'aveva chiesta lei a me.»

Bassani rispose con voce pacata:

«Ricordo benissimo. Lei fu molto gentile a ricevere Domenico Greco.»

«È proprio per parlare di Domenico Greco che sono venuto» continuai. «Dal giorno in cui è scomparso ci sono state moltissime novità. Cose che in parte riguardano me. E che riguardano lei.»

Bassani mi fissava senza lasciare trasparire alcuna emozione.

«Tutto quello che sto per dirle mi è stato riportato da terze persone. E un uomo come lei, che conosce quanto sia comune qui a Roma diffondere malignità e calunnie, saprà dare il giusto peso a queste indiscrezioni.»

«Non succede solo a Roma» fece lui. «Il gossip è uno sport nazionale. Anzi, mondiale.»

Non dovevo sbagliare una virgola di quello che stavo per dirgli.

«Lei sa, o lo avrà letto, che Domenico Greco era fidanzato con una ragazza brasiliana. La signorina Neiva Olivares.»

«Sì, l'ho letto» fece, quasi minimizzando il fatto.

«Quello che forse non sa è che la signorina Olivares aveva un'amante. Un'amante donna. Si chiama Claudia Perez.»

Di nuovo nessuna reazione:

«Non so chi è.»

Per me non era facile parlarne.

«Si dà il caso che da alcuni anni io e Claudia Perez abbiamo una relazione. Ma io non conoscevo Neiva Olivares. Non sapevo che Domenico fosse il suo fidanzato. E soprattutto non sapevo che Claudia e Neiva andassero a letto insieme. Le racconto queste cose non per gusto del pettegolezzo, ma perché mi sento il fiato sul collo e ho bisogno di lei.» Provai con una confidenza a conquistarmi la sua fiducia.

Finalmente un'impercettibile sembianza di sorriso mosse le labbra di Bassani:

«Sembra la trama di un bestseller per casalinghe inquiete.»

«Ahimè non lo è» gli feci. «È qualcosa di molto più complesso. E vengo al "gossip", come lo ha definito lei. Gira voce che lei era l'amante di Domenico Greco» azzardai.

Stavolta Bassani accusò il colpo.

«Chi glielo ha raccontato?»

«Non mi piace alimentare chiacchiere. Quello che voglio sapere da lei è se l'indiscrezione è vera.»

Bassani scosse la testa, sconcertato:

«Mi scusi, Federico, anche se fosse, perché dovrei risponderle? Lei è appena un conoscente, si occupa di cinema, non è un commissario di polizia venuto qui a interrogarmi.»

«No» risposi secco. «Sono venuto qui perché, se fosse vero, lei sarebbe seriamente nei guai. E a quel punto nei guai ci saremmo tutti e due. Lei come amante di Domenico: amare un uomo che ama un'altra donna può mettere in moto pessimi propositi. E io come amante di Claudia: amare una donna che ama, a mia insaputa, un'altra donna, per di più legata proprio a Domenico Greco, potrebbe avermi spinto a compiere qualche grave sciocchezza.»

Bassani aveva il dono innato di capire al volo i ragionamenti dei suoi interlocutori.

«Quello che lei mi sta raccontando lo sanno anche in questura?»

«In parte sì» replicai. «Sanno di me e Claudia. Sanno di Claudia e Neiva. Probabilmente non sanno ancora di lei e Domenico. Sempre che tra voi ci fosse qualcosa.»

Bassani si alzò dalla sua scrivania e andò a piazzarsi davanti alla portafinestra che dava sul terrazzo.

«Se lo ammettessi, lei cosa vorrebbe da me? Dei soldi per mantenere il segreto?»

Lavorando nel mondo della finanza, ragionava sempre in termini di denaro.

«No Bassani, io non voglio denaro da lei» risposi. «E spero che non sia lei a chiedermelo, visto che mia moglie potrebbe non essere contenta di sapere che ho un'amante.»

«Non sono un ricattatore» rispose, gelido.

«Allora siamo in due» gli feci.

Aspettai un attimo e gli chiesi di nuovo:

«Lei aveva una relazione con Domenico Greco?»

Bassani sorrise:

«Da quando ha cominciato a frequentare i commissariati le è venuto un tono da questurino.»

«Non del tutto. Se fossi un questurino avrei detto "il Greco Domenico".»

A quel punto mi fulminò:

«Diciamo che Domenico era un mio caro amico. Carissimo. Le basta così?»

«Mi basta.»

«Pensa che sia stato io a ucciderlo?»

«Vuole la verità?» risposi. «L'ho pensato.»

«E si sbagliava. Io a Domenico volevo bene sul serio. Non avrei mai potuto fargli del male.»

Mi guardava con un'aria finalmente umana. Fragile.

«Dopo questa nostra chiacchierata credo anch'io che sia stato qualcun altro a uccidere Domenico» dissi. E dopo una pausa aggiunsi: «Ma io non ragiono come un questurino. Se lo fossi, la terrei in sospeso nella lista dei miei indiziati. E ci terrei anche me, visto che ho incontrato Domenico poco prima che venisse ucciso e che condividevo con lui un certo giro di amanti».

«Temo che lei abbia ragione. A breve avremo tutti e due la squadra omicidi alle costole.»

«Lei ha un alibi nell'ora in cui fu ucciso Domenico?» gli chiesi.

«Ero qui, da solo. E lei?»

«Ero con Claudia. Questo è quello che ha dichiarato lei alla polizia. E io l'ho confermato. Ma non era vero. Lei non stava con me. Ero solo anch'io.»

«Lei quindi sa mentire.»

«No. E infatti sono molto preoccupato.»

Bassani rimase in silenzio a riflettere, poi mi disse, con voce tranquilla:

«Ha fatto bene a venire a trovarmi. Intanto abbiamo

chiarito tra noi due che non siamo degli assassini. Adesso non ci resta che attendere gli sviluppi investigativi della questura. Forse sarà meglio non vederci più. E nemmeno telefonarci.»

«Ha ragione. Meno ci esponiamo e meglio sarà per tutti» commentai.

Mi accompagnò alla porta.

Prima di uscire gli chiesi:

«Lei conosceva Neiva Olivares?»

«Ho sempre preferito fare finta che non esistesse.»

Quella notte, Pamela volle fare l'amore.

Per la prima volta lo feci pensando a Claudia.

Come si fa a non pensare a una donna che ti ama?

Ma poi, mi amava davvero? Vallo a sapere.

Con in tasca il contratto del film decisi di andare a trovare al giornale il mio amico Maselli.

Mentre entravo nella porta girevole di via del Tritone ripensai alla prima volta che avevo varcato quella soglia, mitica per chi fa il giornalista a Roma. Era stato Pietro Calabrese, quando era direttore, a farmi assumere come collaboratore. Lui e io ci conoscevamo in maniera abbastanza superficiale. Ma Pietro mi volle in maniera addirittura insistente. E alla fine io accettai. Poi, durante il periodo che lavorai con lui, diventammo buoni amici. Mi chiamava spesso, mi ascoltava, cercava da me notizie e fatti da raccontare nel suo giornale. Mi consigliava, anche, ma senza mai mettersi in cattedra, con la naturalezza di chi rispetta l'intelligenza dell'interlocutore.

Un giorno, molti anni dopo, stavo camminando in centro e avevo il cuore grosso. Mi era giunta notizia che un mio amico si era ammalato di tumore al pancreas. Vidi Pietro uscire da un negozio. Non era più direttore del "Messaggero" ma eravamo rimasti molto amici. Lo raggiunsi per chiedergli un consiglio: se scrivere o meno un articolo su un brutto male, non in termini medici, ma visto dalla parte di qualcuno che viene a scoprire la malattia di una persona alla quale vuole bene. Pietro sorrise. Mi disse: «La stai prendendo un po' troppo alla larga». Io non capii. E lui aggiunse: «Quell'amico sono io, no?». Sentii come un pugno nello stomaco. Non sapevo nulla di quello che gli stava accadendo. E lo appresi così.

Pochi giorni dopo Pietro mi chiamò e chiese di incontrarmi. Ci vedemmo in piazza Euclide. Lo trovai tutto sorridente. «Ho una buona notizia» mi disse. «Dopo avere fatto nuovi esami pare che il mio male si sia fermato. Ci sono ottime speranze di guarire.» Non lo abbracciai solo perché non lo avevo mai fatto prima. Ma tornando a casa mi sentivo al settimo cielo.

Passarono pochissimi giorni e incontrai un nostro comune conoscente medico. Gli raccontai la bella notizia che mi aveva dato Pietro. Lui sospirò: «Mi dispiace, non è così. Il suo male non si è fermato». Ripiombai nella disperazione.

Mesi dopo, a una cena, incontrai Pietro. Era molto affaticato. Sul suo volto si leggeva la sofferenza, anche se mascherata dal coraggio con cui affrontava la vita. Mi prese da parte e mi disse: «Federico, mi devi scusare per quella volta in piazza Euclide, quando ti ho raccontato quella bugia. Ma ti avevo visto così angosciato che non volevo avvelenarti la vita».

Scomparve poche settimane dopo.

Questo è stato il mio direttore Pietro Calabrese: un gigante.

«Come vogliamo dividerci il lavoro?» mi chiese Maselli.

«Guarda, non so se ho ancora intenzione di seguire il caso» gli feci. «Devo scrivere una sceneggiatura e non credo che avrò tempo per occuparmi d'altro.»

Maselli sorrise:

«Scommetto che lo fai per me. Ma ti assicuro che non mi secca affatto, anzi, mi fa piacere collaborare con te. Qui dentro sei uno dei pochi che rispetto. Gli altri non vedono l'ora di farmi uno sgambetto. Tu sei un signore.»

Era una brava persona. Un uomo leale.

«Anche tu lo sei» risposi. «Ma io non mi sono mai occupato di roba di nera. Non saprei da dove cominciare.»

«Invece mi sembra che hai cominciato benissimo!» esclamò. «Il capo mi ha raccontato la faccenda di Roberto Bassani. Se è vera si apre la pista del delitto passionale.»

«Non lo so. Mi sono venuti dei dubbi. L'omosessualità di Bassani, comunque, è solo un pettegolezzo.»

«Guarda che nei pettegolezzi c'è sempre qualcosa di vero» insistette Maselli. «Qui in redazione, per esempio, circola la voce che tu vai a letto con una sventola. Vero, no?»

«Magari» gli feci.

Ma una scarica di adrenalina mi partì dalla cima dei capelli e andò giù fino alla punta dell'alluce. Forse già sapeva di me e Claudia.

«E secondo questi bene informati della redazione chi sarebbe la sventola?»

«La principessa Lavinia Orsato della Torre. Se è lei, complimenti. Una gran fica.»

Tirai un sospiro di sollievo. I bene informati erano totalmente fuori strada.

Sfoderai un sorriso liberatorio:

«Mi dispiace deluderli, ma Lavinia è solo un'amica.»

Maselli sorrise a sua volta:

«Peccato.»

«A proposito della Orsato della Torre» ripresi. «Sai con chi andava a letto tanti anni fa? Proprio con Roberto Bassani. E dicono che continua ad andarci.»

«Fantastico!» esclamò Maselli con il tono gaglioffo del vecchio giornalista che sente di aver addentato una vera notizia. «Federi', e tu vorresti mollare un'inchiesta come questa? Sesso promiscuo nel mondo dei salotti buoni? È dal tempo del Number One che non capitano più storie del genere! Ma non vedi in giro che tristezza? Politici d'accatto che vanno a letto con strappone di quarta categoria, transessuali gonfi di

Botox, mezzi malavitosi che rubano sulla spazzatura e portano le amanti in pizzeria, squallidi faccendieri che speculano sugli immigrati e si fanno delle villette in periferia con i nanetti in giardino. Qui invece ci possiamo ritrovare tra le mani il top della finanza, i palazzi dell'aristocrazia nera, e un milionario che entra con la stessa disinvoltura nel letto di una principessa e in quello di un ragazzotto marchetta. È roba grossa! Roba da prima pagina!»

Il giornalismo è spietato. Soprattutto quando sfiora i perimetri dei quartieri alti. È un classico. Basta che avvenga un delitto ai Parioli e in cronaca leggi che l'attichetto dove si è svolto il fattaccio è una *bomboniera.* Anche se si tratta di un sottoscala con le finestre sbarrate da una grata e l'arredamento Ikea. Perché nella testa del cronista scatta una sorta di inevitabile moralismo sociale. Scatta la litania contro i ricchi, tutti mascalzoni, tutti corrotti, tutti viziosi e moralmente riprovevoli.

Fissai il mio collega con grande disagio:

«Maselli, qui però c'è un problema. Lavinia è una mia amica. E Roberto Bassani, anche se pratica il sesso con disinvoltura, è un uomo perbene. Te lo dico perché ne sono convinto. Un conto è scopare, un conto è uccidere.»

Maselli scosse il capo con un sospiro:

«Vuoi mollare?»

«Ci devo pensare» risposi.

«Guarda che se me lo chiedi mollo anch'io» aggiunse.

Oltre che una brava persona era un vero amico.

«No, tu vai avanti. Ma se scopri qualcosa d'altro, prima di parlarne con il direttore, parlane con me.»

Mi tese la mano:

«D'accordo. Io vado avanti e ti tengo informato.»

A scoprire qualcosa d'altro, però, non fu lui, ma io. E per puro caso.

Ero stato invitato da Gianni Bulgari, nella sua gioielleria di via Margutta, dove erano in esposizione dei disegni di Mario Sironi. Erano opere che il maestro aveva realizzato negli anni '20 per il quotidiano "Il Popolo d'Italia". Tavole satiriche di grandi dimensioni, in cui il carattere monumentale si sposava col genere caricaturale, una contaminazione di avanguardia futurista e costruttivista, caratterizzate dall'incisività del segno e dal contrasto netto dei chiaroscuri.

I romani sono fondamentalmente ignoranti in fatto di arte. La borghesia coltiva altri interessi: i ristoranti, i suv, lo stadio Olimpico, i weekend a Sabaudia e a Porto Ercole, il burraco e l'antica propensione per la fica. Ma quando si tratta di mostre con annesso un *cocktail,* le signore di Roma Nord calano in massa. L'evento diventa l'occasione per saltare la cena, quindi perdere chili superflui, sfoggiare qualche nuovo *capetto* e spettegolare con le amiche.

Oltre alla crema di Vigna Clara si presentò anche una nutrita rappresentanza della *haute* romana. In testa a questo piccolo squadrone di aristocratici c'era Lavinia, la principessa Orsato della Torre. Più bella che mai. Con due orecchini di zaffiri, naturalmente targati Bulgari, che le illuminavano a giorno il viso.

Ci abbracciammo con il solito affetto. Lei mi chiese sottovoce, per non farsi sentire dai suoi amici:

«Dopo, ti va di cenare insieme?»

Ero libero. Pamela era andata al cinema Nuovo Olimpia con delle amiche a vedere un film in lingua originale.

Decidemmo per Nino in via Borgognona.

«A Capodanno ho incontrato a Firenze tua cugina Domietta» le feci, mentre ci sedevamo nell'antico ristorante che tanto aveva amato mio padre. Usava dire: "Nino mi piace perché da quarant'anni non ha mai cambiato il menu. Oggi, che va tanto di moda il numero delle forchette assegnate dagli esperti nelle loro rubriche, bisognerebbe tornare alla saggezza spicciola dei nostri padri".

«Sta sempre dappertutto quella Domietta» commentò acida Lavinia.

«Con me è gentilissima. Mi sembra una donna di animo buono» le dissi.

«Perché non la conosci bene» riprese Lavinia con un sorriso beffardo. «Domietta è la persona più ipocrita che ho mai incontrato in vita mia.»

«Lo so, me l'hai già raccontato. Ma amare qualcuno nell'ombra non è ipocrisia» ribattei, pensando all'amore segreto della cugina per Roberto Bassani.

«Non è solo quello» continuò quasi accalorandosi. «È viscida, perfida, mi mette quasi paura. Quando m'incontra si sdilinquisce in complimenti, ma dietro le spalle parla sempre male di me. Mi odia.»

La guardavo. Era lei a odiare Domietta. E in quel momento mi tornarono in mente le parole del marchese Cafiero d'Aragona. Negli occhi di Lavinia intravidi l'ombra di una sua futura e inarrestabile disperazione. Era una donna in crisi. Nel profondo della sua personalità si era incrinato qualche minuscolo meccanismo del suo antico equilibrio solare.

Decisi di cambiare argomento. Le raccontai del film che stavo scrivendo e la feci ridere, e dopo qualche minuto tornò a essere la meravigliosa creatura con la quale avevo condiviso gran parte della mia vita.

Uscendo, mentre camminavamo sottobraccio verso il posteggio dei taxi in piazza Mignanelli, mi chiese:

«Tu hai mai tradito Pamela?»

Rimasi sorpreso da quella domanda. Tra noi l'argomento Pamela era sempre stato un tabù.

«No, lo sai che io sono sempre stato innamorato di lei» risposi.

Lavinia scosse il capo con vaghezza, come quelle grandi attrici dei film americani degli anni '40. E aggiunse:

«Allora Roberto Bassani è un gran bugiardo. L'altra sera

mi ha telefonato. Abbiamo parlato di tante cose. A un certo punto mi ha detto che tu vai a letto con una certa Claudia.»

«E tu ci hai creduto?» le chiesi trattenendo lo stupore.

Lavinia sorrise:

«Certo che no. E sai perché? Penso che, se tu avessi voluto tradire Pamela, la prima donna alla quale avresti pensato sarei stata io.»

Mi baciò con tenerezza sulla guancia e s'infilò nel primo taxi della fila.

«E io ti avrei detto di sì» aggiunse dal finestrino.

Non ebbi il tempo di replicare. L'auto bianca si allontanò verso via di Propaganda.

Faceva freddo. Era una gelida notte di fine gennaio.

Pamela tornò verso mezzanotte, tutta allegra. Il film che aveva visto, *I sogni segreti di Walter Mitty*, era, a suo dire, divertentissimo. Io lo avevo evitato perché non vado pazzo per Ben Stiller. In questo mi accorgo di essere un po' vecchia scuola: per me le commedie americane dovrebbero sempre avere come protagonista Jack Lemmon.

Dopo il film mia moglie aveva cenato da Settimio con le sue amiche. Ne aveva tante. Frequentava un mare di americane, inglesi, francesi, tedesche, svedesi, qualche sudamericana e perfino delle asiatiche. A Roma le straniere fanno gruppo. Sono quasi tutte finite qui perché si sono innamorate di un italiano. Roba, appunto, da film americano.

Io ero di pessimo umore e le dissi che sarei rimasto sveglio fino a tardi a scrivere.

Mi spostai nello studio. Tutto avevo fuorché voglia di scrivere. Stavo ancora rimuginando sulle ultime parole di Lavinia. Provavo un senso di rabbia per la telefonata che le aveva fatto Roberto Bassani. Avevamo fatto un patto e lui mi aveva tradito alla prima conversazione.

Ma soprattutto ebbi una conferma. Lavinia e Bassani si parlavano come si possono parlare due amanti.

Era un bel sabato terso, con una luce romana che avrebbe fatto la gioia di qualsiasi pittore della domenica. Ma era anche il 19 gennaio, il giorno in cui, quasi novant'anni prima, era nato mio padre.

Decisi di accompagnare mio fratello Stefano a Villa Borghese, dove lui, quando non era di turno in ospedale – praticamente mai –, si concedeva la gioia di portare a spasso il suo cane labrador, a tutti gli effetti un membro della famiglia.

Parlammo di papà, ricordando la sua classe, la sua maestria musicale, la sua immensa sensibilità.

A un certo punto Stefano mi rivelò:

«Una volta mi ha detto che da quando era diventato anziano gli piaceva moltissimo camminare nel suo quartiere.»

Nostro padre abitava non lontano da lì. Nel quartiere Pinciano.

«Mi ha raccontato una storia divertente» continuò. «Gli era capitato di leggere da qualche parte che ogni mattina Victor Hugo aveva l'abitudine di fare una passeggiata nel suo quartiere parigino a braccetto con la compagna Juliette Drouet. Pare che i due, camminando, avessero la consuetudine di fermarsi davanti a ogni palazzo. E a ogni palazzo, Hugo pronunciava a voce alta nome e cognome delle persone che ci abitavano: Monsieur Alphonse Du Barry. E Juliette chiosava, con ferma sicurezza: *medecin*. Oppure: Madame Germaine Reverdy. E subito la precisazione della Drouet: *cocotte de Faubourg*. E così via, lungo tutto il percorso intorno alla Avenue du Bois de Boulogne, nel luogo più elegante e prestigioso di Parigi. I due anziani amanti di una vita non parlavano più, si limitavano a pronunciare nomi e cognomi. I quali, però, evocavano brandelli di passato, ricordi sopiti, stralci di vita vissuta incomparabilmente più interessanti di una banale conversazione scolpita nel quotidiano.»

Ascoltai rapito questo meraviglioso aneddoto che gli aveva narrato papà. Stefano era un uomo riservato, mai di cattivo umore, comprensivo e generoso. Si era dedicato tutta la vita alla sua professione, spinto da una voglia sincera di alleviare le sofferenze altrui. Era un clinico, uno di quei medici che stanno via via sparendo, capaci di capire le malattie dai sintomi e capaci, soprattutto, di capire le persone.

Gli accarezzai lievemente la testa con un piccolo gesto affettuoso.

Lui sorrise e mi chiese:

«Ti vedo un po' giù. Cosa c'è che non va?»

«Non lo so. Forse comincio a detestare questa città» risposi.

«Sbagli» mi fece lui. «Forse è il contrario. È Roma che non ama più te.»

«Che le ho fatto?» gli chiesi divertito.

«Niente. È solo che non la capisci più.»

Già, ero io che non capivo più la mia città, e lei si era risentita. Esattamente come capita alle persone. Quando smetti di provare a interpretare le loro debolezze, le loro ragioni, si allontanano, ti evitano, smettono di contare su di te.

Per me, una di queste persone, in quel momento, era Claudia.

Dopo la passeggiata con Stefano decisi di andare a trovarla.

Ero stato a casa sua solo una volta, la prima sera che avevamo fatto l'amore.

Claudia abitava in una traversa di via della Balduina, in una strada anonima, in salita. Stava in uno di quei palazzi che non hanno anima, sospesi nel tempo, senza riferimenti di gusto che possano legarli a un momento storico preciso.

Era in casa. Venne ad aprirmi in accappatoio. Aveva appena fatto la doccia.

«Che è successo?» mi chiese preoccupata. Sembrava sorpresa di vedermi.

«Niente» la rassicurai. «Volevo vederti. Parlare.»

Mi fece accomodare in un salottino arredato con mobili di modernariato. Io li detesto. Pur avendo preso il nome dal *moderno* puzzano di vecchio. Stonavano nella casa di una ragazza. Ragazza... Claudia in realtà stava per compiere quarant'anni, ma io la vedevo sempre come quando l'avevo conosciuta: una strepitosa creatura con il corpo più sexy del mondo.

Dopo un paio di minuti riapparve. Si era infilata una sottoveste nera discretamente provocante. Forse pensava che fossi venuto a trovarla per trascinarla a letto.

«Mi volevo scusare con te» le dissi. «L'altro giorno ero angosciato. Mi dispiace.»

«Lo so. Anch'io sono molto angosciata» mi fece.

Sospirai, cercando le parole giuste:

«Sai, quando ho saputo che tu...»

«Che io vado a letto con Neiva» mi interruppe.

«Esatto. Non me l'aspettavo. Non è una cosa facile da accettare. Però non credo che tu l'abbia fatto per farmi del male.»

Claudia si sedette accanto a me sul divano. E con la sua disinvolta femminilità mi baciò sulla bocca. A lungo.

«Lo sai che io non lascerò mai Pamela» bisbigliai, quando mi staccai.

«E tu lo sai che non ti libererai mai di me? Sei un uomo fortunato. Hai due donne che stravedono per te.»

Se fosse stata la scena di un film, avrei fatto uno "stacco netto". E subito dopo avrei mostrato i due a letto a scopare come indiavolati.

Non era un film. Ma lo "stacco netto" lo decise lei.

Qualche secondo dopo eravamo sul letto matrimoniale a fare l'amore. Durò più del solito. Ci mettemmo una foga che non aveva niente a che vedere con il divertimento. Era come se il contatto carnale servisse a esorcizzare l'ansia che ci attanagliava.

Dopo, restammo distesi uno accanto all'altra, tranquilli: il senso di appagamento aveva anestetizzato la tensione.

«L'altro giorno, al bar, non mi hai detto perché hai raccontato quella bugia a Margiotta» le feci.

«Non potevo» rispose Claudia fissando il soffitto.
«Tu mi conosci. Io non giudico, e soprattutto perdono. Ci sono arrivato tardi a pensarla così. Ma alla mia età bisogna accettare le ragioni degli altri.»
Claudia appoggiò la sua testa contro la mia spalla:
«Quando Domenico è stato ucciso, io ero lì.»
«Con lui?»
«Con lui e Neiva» rispose.
Provai un improvviso disagio. Una sorta di formicolio alla gola.
«Domenico era malato di sesso» aggiunse. «Aveva chiesto a Neiva di fare l'amore in tre. Lui e due donne.»
«Sapeva che voi due avevate una relazione?»
«No, Domenico lo ignorava. Quella domenica Neiva mi ha chiesto di accompagnarla. Ho accettato. Ma poi, quando è arrivato il momento di infilarci tutti e tre a letto insieme, mi sono tirata indietro. Non me la sono sentita. Sono rimasta seduta in poltrona a guardarli.»
«E ti è piaciuto?»
«Sì, guardarli mi ha eccitata.»
«Se vuoi posso chiedere a Neiva se le va di farlo con noi. Ti piacerebbe?» mi chiese dopo una breve pausa.
«È un'idea che mi fa orrore. Non capisco perché me lo chiedi.»
Claudia mi abbracciò sorridendo:
«Volevo vedere se eri anche tu una merda di uomo come Domenico.»
Poi cambiò espressione:
«È successo tutto nel giro di pochi secondi. Hanno suonato alla porta. Domenico si è infilato un accappatoio e ci ha detto di non fare rumore. È uscito dalla camera da letto ed è andato ad aprire. Abbiamo udito due colpi di pistola. E il rumore pesante del corpo di Domenico che cadeva sul pavimento. Eravamo terrorizzate. Abbiamo fatto passare circa mezzo minuto, poi siamo andate a sbirciare dalla fessura

della nostra stanza. Domenico era disteso in terra in un lago di sangue. La porta di casa era ancora aperta. Ci ha preso il panico. Ci siamo rivestite in fretta e siamo scappate via.»

«Non avete sentito la voce della persona che aveva suonato?»

«No, solo gli spari.»

«Perché non hai raccontato queste cose alla polizia?» dissi, fissandola con preoccupazione.

«Neiva era sconvolta. Siamo tornate di corsa ognuna a casa propria. Poi, la sera, dopo che la notizia dell'omicidio era già uscita in televisione, ci siamo incontrate in una pizzeria. Avevamo commesso l'errore di non chiamare subito il 113. Avremmo dovuto restare lì e aspettare l'arrivo dei poliziotti. Ma non lo avevamo fatto. E abbiamo pensato che se gli investigatori avessero scoperto in ritardo che eravamo in casa al momento del delitto ci avrebbero sbattute in cima alla lista dei probabili colpevoli.»

«Sì, probabilmente sarebbe andata così. Ma se lo scoprono adesso, a più due mesi di distanza, finite dritte in prigione» le feci.

«Neiva ha dichiarato che all'ora della morte di Domenico stava a casa sua. Ma nessuno l'ha vista e Margiotta l'ha sbattuta dentro. Ora per fortuna il giudice l'ha rimessa in libertà per mancanza di prove decisive. Io, invece, mi sono inventata che stavo a casa tua. Tu hai confermato. E Margiotta l'ha bevuta.»

«Per il momento. Ma temo che da qui a poco le cose possano cambiare. Margiotta non è uno di primo pelo. Andrà a spaccare il capello. E alla fine rischia di farci cadere in contraddizione. Chi indaga, ha pazienza. Noi, invece, siamo per forza di cose frettolosi. Vorremmo che tutto finisse adesso.»

Rimasi qualche istante a riflettere. Poi le chiesi:

«Sapevi che Domenico Greco andava a letto con Roberto Bassani?»

Claudia sgranò gli occhi:

«Domenico?»

«Sì. Domenico non era come credevi tu. E forse nemmeno come credeva Neiva.»

La notizia l'aveva totalmente sconvolta.

«Roberto Bassani è quello che ti aveva raccomandato Domenico?»

«Sì. È un uomo molto difficile da inquadrare. Ricchissimo e intelligente. Nel suo lavoro è il numero uno. Frequenta l'alta società. Ha un mare di amici.»

«Secondo te è stato lui a uccidere Domenico?»

«Potrebbe averlo fatto per gelosia» risposi. «Ne sono stato convinto per un bel po'. Ma adesso ho dei dubbi. Bassani è un verme, ma non è un assassino. Lui è uno che non parla, ascolta. Non è un uomo che agisce, fa agire gli altri.»

«Vuoi dire che ha mandato qualcuno?»

«Non lo so. Lui non si sporca mai le mani, nemmeno indirettamente. Lui manipola.»

Decidemmo con Claudia di non incontrarci più. Ci legava quella bugia fragile e non dovevamo commettere errori. Le dissi di mandare una lettera a mio nome al giornale, se avesse avuto qualche informazione da darmi. Germana mi conservava in redazione quelle dei lettori, chiuse, e due volte a settimana passavo io a ritirarle. Sfido qualsiasi poliziotto a pensare che due complici usano per comunicare la casella postale di un quotidiano.

Ma poi quali complici? Eravamo innocenti.

Quantomeno io.

Avevo ancora addosso l'odore caldo del corpo di Claudia.

Scesi a piedi viale delle Medaglie d'Oro. Da lì, per arrivare a casa mia, avrei impiegato massimo una mezz'ora.

A piazza Cavour, mentre attraversavo il giardino appena rimesso a nuovo dalle autorità comunali, uno dei pochi esempi di dedizione al decoro della nostra città, incontrai una mia vecchia amica, Vania Traxler. Per anni, insieme a suo marito, si è occupata di distribuzione cinematografica, portando in Italia alcuni dei migliori film prodotti in Europa da grandi autori internazionali. Una donna speciale.

Vedendomi, corse ad abbracciarmi. Aveva gli occhi lucidi e la voce tremante.

«È morto Mario» mi disse.

Due giorni dopo, nella chiesa di San Roberto Bellarmino, in piazza Ungheria, affollata di parenti e amici, si svolsero i funerali del caro Mario d'Urso. Ci aveva lasciati, a settantacinque anni, minato da un male incurabile che lo aveva stroncato in pochissimi mesi. Chi gli era stato accanto negli ultimi momenti raccontava che Mario aveva tenuto testa al dolore, alla disperazione, alla certezza della fine con quella grande dignità che aveva sempre caratterizzato la sua vita speciale.

Già, Mario d'Urso era stato davvero un uomo speciale. In chiesa, lo ricordarono come un uomo buono, generoso, intelligente, curioso e talvolta dispettoso, ma sempre onesto e leale. Una volta, nel mondo anglosassone, si diceva: impareggiabile. E Mario lo era stato. Impareggiabile il suo umorismo. Impareggiabile la sua eleganza, di modi e di abiti, di parola e di pensiero. Impareggiabile la sua rete di amicizie internazionali. Impareggiabile la sua conoscenza del mondo dell'economia, della diplomazia, ma soprattutto delle debolezze umane che fanno girare il mondo. E lui, di fronte alle debolezze degli altri, sorrideva, offriva in aiuto il suo braccio. Mario per gli altri c'era sempre. E c'era in maniera discreta, senza mai fare pesare il suo sincero interessamento.

Con la scomparsa di Mario d'Urso finiva definitivamente un'epoca. Quella dei gran signori dell'Italia che avevano caratterizzato il '900. Gli Agnelli, gli Olivetti, i Mondadori, i Caracciolo, i Visconti. Personalità carismatiche, capaci di mettere in soggezione i potenti e i reali di mezzo mondo.

Eravamo entrati per davvero nell'Italia dei burocrati di Stato, costretta a rottamare il passato, a redistribuire il reddito, ad azzerare la classe media *d'antan* per fare spazio a un nuovo ceto più giovane che non rimpiangeva i balli Cicogna a Venezia e che non sapeva più cos'era il Racquet and Tennis Club of New York. Mario era un italiano che lo sapeva. Quella mattina, molti giornali, banalizzando la sua vita, lo avevano ricordato come un fatuo esponente del jet set. Io, invece, lo ricordavo come un gigante dell'eleganza italiana.

Quando il suo feretro ci sfilò davanti, Pamela mi prese la mano. Me la strinse con forza ed emozione. Quasi non ci feci caso. I miei occhi si erano incollati a Roberto Bassani, in piedi nella navata, un po' in disparte. Forse, essendo ebreo, non voleva intromettersi in quel rito così cattolico.

Bassani piangeva. Con rispettosa fissità. Pareva una gelida statua di gesso.

All'uscita, nel piccolo piazzale di fronte alla chiesa, incontrai tantissimi vecchi amici venuti a salutare per l'ultima volta il caro Mario.

Proprio mentre Pamela e io stavamo per lasciare la piazzetta, fui avvicinato dal marchese Cafiero d'Aragona. Insieme a lui c'era la principessa Domietta Ortari, la cugina di Lavinia. Mentre Cafiero d'Aragona raccontava a Pamela alcuni suoi ricordi di Mario "quando Capri era Capri", Domietta mi bisbigliò all'orecchio:

«La devo vedere. È una cosa importante. Se ha tempo, domani venga a prendere un tè da me. Sto nel primo palazzo all'inizio di via Giulia.»

«So dove vive. Lo sanno tutti» le feci.

«Alle cinque, se per lei va bene.»

Palazzo Ortari è uno di quegli edifici cinquecenteschi che hanno reso via Giulia una leggenda e hanno fatto di Roma, Roma.

Domietta mi aspettava in un piccolo salotto del piano nobile. Indossava un paio di pantaloni di velluto nero, una camicetta bianca e una giacca di foggia indiana. Era un incanto.

Notai subito che era agitata. E aveva tutte le ragioni per esserlo.

Dopo che una graziosa cameriera venne a servirci il tè, Domietta mi disse con voce rotta dall'emozione:

«Federico, sono stata interrogata da un commissario di polizia.»

Pensai subito a Margiotta. E infatti si trattava di lui.

«Gliene parlo perché so che anche lei è stato ascoltato in questura» proseguì la principessa. «A proposito dell'omicidio di un giovane attore.»

«Domenico Greco» le feci tranquillo. «L'ho ricevuto a casa mia poche ore prima che lo uccidessero. È stato il suo amico Roberto Bassani a chiedermi d'incontrarlo. Però non capisco cosa possa voler sapere da lei il commissario.»

«Mi ha chiesto se conoscevo Roberto» farfugliò lei spaventata. «Io gli ho risposto che siamo amici da più di trent'anni. Allora lui ha voluto sapere se avevamo una relazione. Ma si rende conto? Federico, io sono una donna sposata. Chi può avere messo in giro certe voci?»

«I poliziotti fanno questo, di mestiere. Ascoltano tutto: verità, bugie, e anche le calunnie» risposi, cercando di calmarla.

Ma Domietta non si calmò affatto:

«Poi ha insinuato una cosa terribile. Che mi vergogno quasi a dirle. Mi ha chiesto se sapevo che Roberto ha rapporti sessuali con dei ragazzi. Uomini, capisce? Roberto che va a letto con degli uomini!»

Scoppiò a piangere. In maniera quasi isterica:

«Non si agiti, principessa» le feci, spostandomi a sedere accanto a lei.

Le strinsi con gentilezza una mano. E domandai:

«Lei lo sapeva?»

«Certo che no!» esclamò Domietta staccando la sua mano

dalla mia. «E lei? Sapeva che Roberto va a letto con dei ragazzi?»

Non ebbi il coraggio di dirle la verità:

«No, lo conosco appena. È un uomo molto riservato. A me, poi, i gusti sessuali degli altri non interessano.»

Vidi un lampo di odio traversarle gli occhi:

«Secondo me è stata quella vipera di mia...»

Ma non finì la frase. E si riprese:

«Forse lei pensa che io sono solo una frivola donna di mondo. Vivo in questo palazzo d'altri tempi, vado a caccia, frequento i balli, possiedo gioielli. È tutto vero. Ma non sono stupida, Federico. Io ascolto e ricordo tutto. La sera di Capodanno, a Firenze, lei mi ha detto una cosa che non ho dimenticato. Parlando di Roberto ha fatto un commento strano. Anche lei ha insinuato qualcosa. Che Roberto suscita interesse negli uomini. Ricorda?»

Aveva ragione. Non era una donna stupida. Era molto attenta.

«Sì, ricordo. Ma quella era solo una battuta maldestra. Della quale le ho chiesto subito scusa.»

«Adesso, però, quella sua battuta maldestra assume un altro significato» mi disse fissandomi negli occhi. «Lei è molto amico di mia cugina Lavinia. Forse è stata lei a gettare fango su Roberto Bassani. Sia sincero: è così?»

Improvvisamente mi tornarono in mente le parole del marchese Cafiero d'Aragona, quando mi aveva chiesto di tenere a bada Lavinia. Perché se fosse scoppiata una guerra tra lei e sua cugina, la principessa avrebbe subito delle gravi conseguenze. In quel momento, fissando gli occhi di Domietta infiammati di rabbia, capii che se avessi detto la minima cosa contro Lavinia, lei si sarebbe vendicata con la furia di una leonessa ferita.

Mentii:

«Non ho mai parlato di Roberto Bassani con sua cugina.»

Parve tranquillizzarsi.

«Allora mi scusi. Sono molto scossa. È la prima volta che vengo interrogata da un poliziotto. Mi vogliono trascinare dentro a una brutta storia, della quale non so nulla. Se finissi sui giornali sarebbe una rovina.»

«Perché dovrebbe? Quel commissario si è limitato a fare il suo dovere. L'ha interrogata per avere informazioni su una persona che lei conosce. Tutto qui. Non le succederà niente. E non finirà sui giornali.»

Fu lei a riprendermi la mano:

«Grazie, Federico. Lei mi toglie un peso.»

La nostra conversazione era terminata. Ma non ero affatto contento di me. Domietta mi aveva aggredito e mi aveva costretto a mentire.

Ero finito dentro a una melassa di pettegolezzi mondani. In un mondo che non mi apparteneva e che adesso, frequentandolo, cominciavo a giudicare con malcelato disprezzo. Ma se quelle erano le loro regole, se il loro codice mondano si nutriva di insinuazioni, rancori, vendette, allora dovevo adeguare il mio gioco a quella storia così *demodée*. Mi tornarono in mente il visconte di Valmont e il perfido ritratto della nobiltà francese che aveva fatto Laclos nelle *Relazioni pericolose*. E rividi chiaramente John Malkovich, con le sue subdole movenze da serpente. Un monumento del cinismo e della cattiveria umana.

Fui preso da una sorta di vertigine. E, calandomi nel pensiero torbido di Valmont, dissi a Domietta:

«Principessa, visto che ha voluto mettermi al corrente di fatti indecenti, forse lei ne ignora uno altrettanto malsano.»

«Quale?» mi chiese, ritrovando quella curiosità mondana che aveva sempre fatto da sottotesto alla sua vita.

«La notizia che sto per darle spazzerà via ogni suo dubbio sulla vera natura di Roberto Bassani. Sua cugina Lavinia ha una relazione con lui. Ce l'ha da anni.»

Il viso di Domietta si trasformò in una maschera gelida di dolore. E non pronunciò parola.

Ma in quell'espressione era possibile leggere tutta la sua disperazione. Come se tra lei e Roberto Bassani fosse già iniziato un nuovo capitolo. Con un conto difficile da saldare, perché, nell'amore che Domietta aveva provato segretamente per lui, non esisteva una bibliografia affettiva, non c'era mai stata una parola, mai una lettera. Tutto era rimasto nell'anticamera delle illusioni. E trattandosi di un'illusione sentimentale, il suo dolore era ancora più grande, perché irrazionale. Se Roberto aveva preferito Lavinia a lei, non era stato un tradimento reale, in quanto Roberto non aveva avuto la possibilità di scegliere, ignorando che il desiderio profondo di Domietta era appunto quello di farsi scegliere. E questo accade spesso nella geografia sentimentale dei rapporti umani, quando un vuoto di segni espliciti, dovuto alla timidezza o a un irrazionale temporeggiamento, finisce per troncare il gioco di sguardi e di attese in cui eravamo convinti di irretire l'oggetto del nostro desiderio, decapitando irrimediabilmente il fine ultimo della nostra strategia affettiva.

E mentre nel suo cervello si faceva largo il rimpianto per quello che poteva essere e non era stato, Domietta capì che il suo amore per Roberto era definitivamente svanito. Adesso iniziava il secondo tempo della loro relazione, probabilmente l'ultimo, perché, quando un'amicizia tenuta in piedi dall'amore si riduce a semplice amicizia, essa si dissolve nell'indifferenza. O, in alcuni casi, in odio.

Diversamente sarebbe andata con Lavinia. Domietta si sarebbe vendicata. Una vendetta da principessa. Quindi, terribile.

Questo lessi nei suoi occhi.

Nei giorni successivi mi vergognai di me stesso per aver tirato quel colpo basso a Domietta. In realtà, la mia improvvisa e inspiegabile cattiveria non era rivolta a lei. Ma a Roberto Bassani, verso il quale il cuore infranto di Domietta, e le sue influenze, si sarebbero abbattuti. Un "essere spregevole", come lo aveva definito il marchese Cafiero d'Aragona. Mi aveva tradito con Lavinia e io gli avevo reso quello che meritava. La mia maldicenza, però, avrebbe colpito anche Lavinia. La mia grande amica Lavinia, alla quale non riuscivo a perdonare il fatto di avere un rapporto sentimentale, o peggio solo sessuale, con quell'uomo così torbido e abietto.

Trascorrevo le giornate a scrivere la sceneggiatura per De Laurentiis. Ma dentro di me rimbalzava ancora l'eco di quel balletto tra palazzi, principesse e uomini dell'alta finanza. Oltretutto ero in ansia per gli sviluppi investigativi di Margiotta, il quale prima o poi si sarebbe rifatto vivo. Me lo sentivo.

Nell'attesa decisi di rimettermi in carreggiata rivedendo qualche vecchio amico del mio ambiente.

Chiamai Oliviero Beha, con il quale, nel corso degli anni, avevo sempre mantenuto aperto un canale di amichevole confidenza.

Ci vedemmo Dal Toscano, in fondo a via Germanico. Visto che Oliviero era un grande tifoso della Fiorentina, mi sembrò il locale giusto per incontrarlo.

Oliviero era un uomo complicato. Non per me. Ma siccome è più intelligente della gran parte delle persone, in genere veniva considerato un uomo un po' scorbutico.

«Sto scrivendo un nuovo libro sull'Italia» mi disse non appena ci sedemmo. «Sai come inizia? "Scrivo al tramonto, immerso nel fango fino alla cintola. Sulla palude spiove una luce di taglio da fine del mondo".»

Scoppiai a ridere. Era proprio un incipit alla Oliviero Beha.

«Quando ti vedo è una gioia» gli feci. «Trovare uno più pessimista di me tira molto su il morale.»

Oliviero sorrise:

«Non è questione di pessimismo. È la realtà. Questo Paese è alla frutta. Nei tribunali i processi durano anni. Nelle classifiche sulla lettura, siamo tra gli ultimi in Europa. La nostra competitività è dietro quella del Pakistan. Stiamo diventando un Paese ultra anziano. Pensa: i giovani fino a quattordici anni rappresentano circa il 13 per cento della popolazione. E il 10 per cento di chi paga le tasse possiede il 50 per cento di tutta la ricchezza italiana.» Mi fissò con i suoi occhi vispi: «Adesso capisci cos'è il tramonto? Cos'è il fango?».

Passammo una serata così. Con del buon Chianti e ottime bistecche. Malignando a più non posso. Ma non di marchesi e principesse. Del nostro Paese. Argomento forse più doloroso, ma certamente più interessante.

A metà febbraio le condizioni psicologiche del fratello di Pamela erano peggiorate e lei decise di ripartire per Boston. I famosi Prozac di nuova generazione non riuscivano più ad alleviare la sua profonda malinconia da abbandono coniugale.

«Ho paura che faccia qualche sciocchezza» mi disse mia moglie mentre saliva sul taxi che l'avrebbe accompagnata all'aeroporto.

«Non la farà» commentai. «Tuo fratello è un grande professore di matematica. Conosce i meccanismi del calcolo delle probabilità. Meglio una vita incerta che una morte sicura.»

Lì per lì mi parve un'ottima battuta. Ma evidentemente Pamela non la pensò così. Scosse la testa e mi disse:

«Ti sembra il momento di fare della commedia?»

D'altronde, il suo scrittore preferito era Kafka. Giocarmela con una battutina alla Oscar Wilde dei poveri era una sconfitta annunciata.

La partenza di Pamela fece piombare anche me nella malinconia da abbandono coniugale.

Passarono giorni lenti. E silenti.

Le indagini sull'omicidio di Domenico Greco parevano come congelate. Incontrai un paio di volte Maselli, ma anche lui non aveva fatto passi avanti significativi nell'inchiesta. Claudia non mi mandò messaggi in redazione. Lavinia sparì. E venni a sapere che Domietta era partita per l'India.

L'unico che rividi, per puro caso, fu Roberto Bassani. C'incontrammo in un viale del Verano, l'antico cimitero romano.

Con qualche settimana di imperdonabile ritardo ero andato a portare dei fiori sulla tomba di mio padre. Camminando nel silenzio di quel luogo fuori dal tempo, rimasi colpito dal fatto che ogni tomba, ogni fornetto, ogni lapide, era adornata da fiori bellissimi. Perfetti, coloratissimi, meravigliosi. Con un abbondare esagerato di costosissime orchidee. Solo dopo qualche minuto capii il perché di questo tripudio floreale. I fiori erano, al 90 per cento, tutti finti. Fiori di plastica. La globalizzazione era arrivata anche nei cimiteri. Al posto dei gladioli, dei crisantemi, delle rose, dei fiori di campo, oramai i congiunti dei defunti usavano fiori finti prodotti in Cina. Che tristezza. Era il segno odioso di un mondo che cambiava non solo dal punto di vista merceologico, ma soprattutto dal punto di vista sentimentale.

Fu mentre pensavo a questo mondo perduto che vidi Roberto Bassani, elegantissimo, con un cappotto di cachemire scuro, mentre pregava davanti a una tomba modesta.

Io vidi lui e lui vide me.

Non era certo quello il luogo per fargli sapere cosa pensavo delle sue chiacchiere malvagie con Lavinia. Però non potevo far finta di non averlo visto. Mi avvicinai alla tomba dove stava pregando.

«Buongiorno Bassani» gli feci con voce fredda.

«Buongiorno Federico» rispose lui, con lo stesso tono gelido.

Gettai uno sguardo sulla lapide. Era la tomba di Domenico Greco.

«Gli ho trovato io la tomba qui a Roma» disse senza guardarmi. «Suo padre voleva farlo tornare in Puglia. Ma l'ho convinto. Mi dà un gran sollievo sapere che Domenico riposa nella mia città.»

Aveva pronunciato questa frase con una evidente emozione. E solo in quel momento realizzai che quella tra lui e il povero giovanotto pugliese non era stata una semplice storia di sesso. Era stata una grande storia d'amore.

Mi segnai, in segno di rispetto. Poi gli feci:

«Vado. Non volevo disturbarla in un momento come questo.»

«No, Federico. Stavo andando via anch'io. Possiamo fare due passi insieme.»

Con un gesto lieve, gentile, carezzò il marmo. Poi si mise al mio fianco.

Ci avviammo lungo il vialetto che portava all'uscita.

Fu lui a rompere il silenzio:

«Qualche giorno fa ho ricevuto una telefonata di Lavinia. Me ne ha dette di tutti i colori. Che sono un pettegolo bugiardo.»

Risposi secco:

«Io le avevo fatto una confidenza. Credo che lei abbia sbagliato a raccontare a Lavinia di me e Claudia.»

«So che comunque lei ha negato» fece lui.

«Sì, ho negato.»

«Allora non è vero che non sa mentire. Noto che dice bugie abbastanza spesso» commentò, acido.

Mi venne voglia di tirargli un pugno in faccia. Da ragazzo tiravo di boxe e ogni tanto, di fronte a uomini falsi come Bassani, mi tornava l'istinto del diretto al mento. Ma mi trattenni.

«Lei non mi piace, Bassani» gli dissi. «Manipola le parole degli altri, i loro sentimenti. È davvero strano trovarla qui, in un luogo dove si pratica la pietà. Perché lei la pietà non la conosce.»

«Di cosa dovrei avere pietà? Di questo mondo orribilmente crudele?» domandò.

Lo fissai con rabbia:

«Lei che è ebreo dovrebbe conoscere il *Talmud*. Sa cosa c'è scritto nel suo libro sacro? Che chi è pietoso con i crudeli finisce con l'essere crudele con i pietosi.»

«Si sbaglia, Federico. Io non conosco la crudeltà.»

«D'accordo, forse ha ragione, sbaglio» tagliai corto. «Ma lei continua a non piacermi.»

Mi avviai a grandi passi verso l'uscita senza degnarlo di un minimo saluto.

Mi chiusi in casa per andare avanti con la sceneggiatura. Ero molto concentrato. Scrivevo, mangiavo qualcosa e tornavo alla scrivania. Spesso nemmeno rispondevo al telefono.

Una mattina suonarono alla porta. Era Kumar, il portiere cingalese:

«C'è raccomandata per lei, dottore.»

Mi consegnò una busta.

Veniva dagli Stati Uniti.

Era una lettera di Pamela.

Quando il portiere uscì, richiusi la porta e restai in piedi all'ingresso a leggerla:

Federico,
da quanto tempo non ti scrivo una lettera. Ho una cosa importante da dirti, e perdonami se non ho avuto il coraggio di parlartene prima di partire per Boston.
Ho deciso di venire in America perché ho saputo che tu frequenti un'altra donna. Per fortuna non mi hanno detto il suo nome. Non lo voglio sapere. Già mi è difficile convivere con questa grande umiliazione.
Non sono una donna stupida. Conosco bene la mia data di nascita. E immagino quella di questa signorina che vedi di nascosto. Mi dicono in un hotel. Che tristezza.
Dopo trent'anni che viviamo insieme, una moglie può venire a noia. Però me lo dovevi dire, o perlomeno me lo dovevi fare immaginare. Invece ho scoperto tutto da una terza persona. E ti assicuro che apprenderlo così è stato molto doloroso.

Non mi chiamare. Non ti risponderò. Non inventarti scuse.
Non le ascolterò.
Sappi che in questi trent'anni io ho amato solo te.
Peccato.

Pamela

Abbassai il foglio. Avevo gli occhi lucidi e il cuore in subbuglio. Pamela mi aveva lasciato.

Chi aveva potuto raccontarle di me e Claudia?

Il primo nome che mi venne in mente fu quello di Roberto Bassani.

Afferrai il cellulare e lo chiamai:

«Bassani, sono Federico. È stato lei a raccontare a mia moglie di Claudia?»

Rispose d'un fiato:

«Gliel'ho già detto. Non sono un uomo crudele.»

«Le rifaccio la domanda: è stato lei?»

Ci fu una breve pausa, poi disse:

«Neanche lei piace a me. Ma non sono stato io a fare la spia con sua moglie. Se volessi farle del male userei qualcosa di più elegante.»

E riattaccò.

«Federico, ti pare che chiamo tua moglie per rovinarti la vita?» esclamò Lavinia.

Ero andata a trovarla, senza preavviso. Lei era ancora in vestaglia, in un salottino, a fare il breakfast.

«È come se tu andassi a raccontare ad Annibale che sono andata a letto con Roberto Bassani. Non potresti mai.»

«Invece mi sta venendo voglia di farlo» tuonai. «Sono stufo delle vostre chiacchiere mondane. Mi fanno ribrezzo. Mi fate ribrezzo.»

«Non ti permetto di usare questo tono con me» alzò la voce Lavinia.

«Zitta, principessa Orsato della Torre» replicai. «Sei diventata una insopportabile snob. Ogni tanto dovresti ricordarti da dove vieni.»

Mi alzai di scatto e uscii sbattendomi la porta alle spalle.

Scosso da quella rabbia irrefrenabile mi ritrovai in piazza della Cancelleria.

Sopra di me il cielo iniziava a mostrare striature di azzurro deciso, quasi blu.

Stava arrivando la primavera.

PRIMAVERA

3

Alla fine degli anni '50 Ennio Flaiano rimproverava agli abitanti di Roma di non avere grandi stravaganze. Descriveva i guardamacchine come una corporazione più chiusa di quella dei notai. Si lamentava del fatto che non esistevano poeti inediti, visto che tutti stampavano qualcosa. E che i ribelli finivano per mettere su un dopolavoro dove andavano a giocare a biliardo. Insomma, Roma, per Flaiano, era una città senza grandi slanci ideali. Unica eccezione a questo piattume, il peccato della carne, vero e stabile divertimento cittadino.

Erano passati decenni da allora. Cos'era cambiato? Com'era diventata Roma nel terzo millennio? Domande alle quali avevo trovato qualche risposta nella sceneggiatura che avevo finalmente consegnato a De Laurentiis.

Con l'arrivo delle strisce blu, i guardamacchine erano quasi spariti. Al loro posto erano saltati fuori quei simpaticoni con le pettorine fluo che fanno multe a raffica con compiaciuto sadismo. I poeti inediti erano stati sostituiti dai blogger. Al posto del biliardo i ribelli giocavano alle macchinette dei bar. E quanto al sesso, erano sparite le passeggiatrici di felliniana memoria; proliferavano i residence transex. Insomma, a prima vista sembrava che Roma avesse assunto connotati più moderni. Invece non era così. Roma rimaneva una città antica che faticava a tenere il passo con le innovazioni planetarie. Malgrado gli sforzi dell'amministrazione locale, tutti continuavano a parcheggiare in seconda fila. E a suonare il clacson, come a Bombay, appena si formava una fila. Si vedevano ancora tipi in divisa, la mattina presto, che uscivano dai mercati con una sporta piena di carote, finocchi e sedani. Il Tevere faceva schifo, era lercio, puzzolente, inquinato. Non si costruivano parcheggi. Ma spuntavano a ciuffi insensati cartelloni pubblicitari che coprivano palazzi in restauro. Una volta c'erano tanti artigiani. Tante botteghe storiche. Tutta roba scomparsa. Così come erano scomparsi i romani. Quelli simpatici, che facevano ridere. Quelli come Aldo Fabrizi, Mario Carotenuto, Renato Rascel. Qui, oramai, c'era rimasto poco da ridere. In compenso, erano rimasti molti guai.

Queste riflessioni random le espressi al mio amico Roberto Gervaso con il quale, due volte l'anno, andavo a cenare in un ristorante di Testaccio. Roberto, avendo molte cose da dire, amava parlare. Ma quella sera ascoltò. Era giù di morale anche lui. Lo aveva scosso la notizia che Pamela mi aveva lasciato. Percepiva la mia improvvisa solitudine e i sintomi della strisciante depressione che stava per impossessarsi di me. Lui, che aveva lottato per anni contro il male oscuro, in me rivedeva se stesso, come in uno specchio.

Prima di lasciare il ristorante mi disse:

«Ho voluto bene a tuo padre. Voglio bene a te. Quindi non ti aspettare consigli. I consigli, semmai, si danno ai nemici. Perché non servono a niente.»

La fuga in America di Pamela mi aveva letteralmente devastato.

Passai ore a cercare qualche indizio per rintracciare la "terza persona" che le aveva vigliaccamente raccontato di me e Claudia. Un mio amico? Una sua amica?

Ma di tutte le persone delle quali avevo iniziato a sospettare, non ne avevo presa in considerazione una. La più ovvia. E la chiamai:

«Claudia, qualcuno è andato a raccontare a mia moglie di noi. Lei mi ha lasciato e adesso sta in America. Sono stato giorni a scervellarmi per scoprire chi l'aveva chiamata. Finalmente credo di sapere chi è. Sei tu.»

Ci fu una lunga pausa. Poi Claudia rispose:

«Mi dispiace Federico di averti combinato un altro casino.»

La sua confessione mi diede sollievo, ma allo stesso tempo provai un senso di irrefrenabile rabbia:

«Perché lo hai fatto?»

«Le donne innamorate fanno grandi sciocchezze. Pensavo di averti perso. Per sempre.»

Restai qualche istante in silenzio. Poi le dissi:

«Mi hai perso adesso.»

Riattaccai.

Mosso da un senso di angoscia esistenziale, decisi di andare a trovare Carlo, il mio avvocato penalista. Avevo dei grumi sulla coscienza che volevo sciogliere.

Mi ricevette nel suo studio in Prati, non lontano da casa mia. Era un quarantenne dallo sguardo limpido, con un fisico da atleta e la battuta sempre pronta.

«Oggi in tribunale me ne hanno detta una fantastica» mi disse facendomi accomodare. «Sai che differenza c'è tra Dio e gli avvocati? Che Dio non ha mai pensato di essere un avvocato.»

Aveva il dono di metterti sempre a tuo agio. Ma io quel giorno non mi trovavo affatto a mio agio. Ero teso, quasi spaventato.

In breve, gli raccontai la difficile situazione che stavo vivendo. Pamela mi aveva lasciato perché aveva saputo che andavo a letto da anni con un'altra. E a dirglielo era stata l'altra.

Carlo sorrise, ma da avvocato penalista, trattenendo con stile i muscoli del viso.

«Tu la ami?» mi chiese.

«Mia moglie? Sì.»

«Allora è una roba complicata» commentò.

Quello era solo l'aperitivo, penalmente non rilevante. Lo misi al corrente su tutto il resto. Che a occhio e croce mi pareva molto più complicato.

Quando ebbi finito, Carlo restò a lungo a riflettere.

«Non stai messo proprio bene» mi disse infine. «Hai un'amante, questa Claudia Perez, che va a letto con Neiva Olivares, una delle indiziate del delitto di Domenico Greco. Se non bastasse, la tua Claudia ha mentito agli investigatori dando un alibi falso riguardo al luogo in cui si trovava all'ora del delitto. E tu lo hai confermato. Non è una passeggiata di salute.»

Lo fissai con apprensione:

«Carlo, dimmi la verità: pensi che ti sto nascondendo qualcosa? Guarda che io non c'entro un cazzo con la morte di Domenico Greco.»

«Non mi interessa saperlo» rispose secco. «Chi viene da un penalista spesso racconta un mare di balle. Quindi per un penalista non ha nessuna importanza capire se è colpevole o innocente. Il suo compito è un altro: difenderlo. Io devo solo usare tutte le garanzie che la legge mi offre per salvaguardare i diritti di chi è accusato di un crimine.»

Fece una pausa e aggiunse sorridendo:

«Naturalmente non penso che vai in giro a sparare ai giovani attori. Ma da un punto di vista professionale la cosa è ininfluente. Devo valutare l'ipotesi che qualcuno possa crederlo. E devo trovare il modo per non farti finire nei guai.»

«Ci potrei finire?»

«In teoria, sì. Chi ci dice che non sia stata la tua Claudia, insieme alla sua amica Neiva, a uccidere Greco? Mi hai raccontato che al momento del delitto erano tutte e due in casa sua. Se le assassine sono loro, tu, che hai confermato il falso alibi di Claudia Perez, entri dritto nell'accusa di concorso di reato. Oppure, scartando il concorso, potresti aver taciuto la sua colpevolezza. O peggio: sapendo che la tua amante andava a letto con una donna e forse addirittura anche con il suo fidanzato, hai perso la ragione e Greco l'hai ucciso tu. Girala come vuoi: stai in una posizione scomoda.»

Carlo non aveva fatto altro che mettere lucidamente in fila i ragionamenti che mi torturavano.

«Allora cosa dovrei fare?» gli chiesi.

Si fece serio. Molto serio.

«In questi casi esiste una sola strada da percorrere. Raccontare la verità. Lo so, è difficilissimo. Ma è l'unica via d'uscita sensata. Tu devi tornare in questura e devi fare marcia indietro. Devi ammettere di aver mentito per debolezza, per proteggere Claudia Perez. Ma devi anche raccontare quello che poi ti ha rivelato lei e che tu ignoravi. L'incontro a tre per fare sesso con Domenico. Lo squillo alla porta, gli spari, il panico delle ragazze davanti al corpo... e la loro sciagurata fuga senza avvertire la polizia. Questo devi fare, Federico.»

«Finirò su tutti i giornali» fu la prima cosa che mi venne da dirgli.

«Può darsi. Ma meglio la prima pagina di un giornale che una cella di Regina Coeli.»

«Se torno al commissariato, cosa penserà di me il commissario Margiotta?»

«Quello che pensa di ogni persona che interroga. Che gli uomini sono complicati, fragili. Ma stavolta penserà anche qualcos'altro: che hai avuto la forza di tornare da lui per cambiare versione. E, probabilmente, penserà che stai dicendo la verità.»

«Tu però mi accompagni.»

«No. Se torni da lui con un avvocato penserà che continui a volergli nascondere qualcosa.»

Mi alzai con la tempesta nel cranio. Prima di salutarlo gli dissi ancora:

«Se racconto tutto a Margiotta metterò nei casini Claudia e quella Neiva. Che secondo me sono innocenti.»

«Lo so» rispose Carlo. «Infatti puoi ancora decidere di non andarci, a parlare con Margiotta. Dipende solo da te.»

Lo chiamai l'indomani e gli chiesi di poterlo incontrare fuori dal commissariato.

A Roma era tornato a splendere il sole. Decidemmo di vederci a villa Borghese, davanti alla Casina Valadier.

«Dovrei venirci più spesso quassù» fece Margiotta, con gli occhi persi nell'immensità di Roma. «Da qui la città è un incanto. Io, invece, chiuso nel mio ufficio, la vedo solo come un grande contenitore di luride meschinità.»

«Non sono molto più fortunato di lei» commentai. «Io oramai, più che vederla, dato che la conosco fin troppo bene, la immagino. E le assicuro che quello che immagino non solo è meschino, è addirittura spaventoso.»

Camminavamo affiancati lungo il parapetto del viale che porta verso Trinità dei Monti. Uno dei luoghi più belli del mondo.

Arrivati davanti all'Accademia di Francia ci sedemmo al tavolino di un piccolo bar all'aperto, frequentato solo da turisti. Era quasi l'una. Margiotta ordinò un panino con una birra, io presi un analcolico.

Come mi aveva consigliato il mio avvocato, dissi a Margiotta che nel corso del mio secondo interrogatorio avevo dichiarato il falso. Claudia non era a casa mia il pomeriggio in cui fu ucciso Domenico Greco.

Margiotta, di fronte alla mia nuova e inaspettata confessione, non fece una piega. Mi ascoltava addentando il suo panino.

Gli raccontai anche quello che mi aveva rivelato Claudia. Di lei e Neiva in casa di Domenico per consumare sesso a tre. Di Claudia che si era tirata indietro. Della misteriosa persona che aveva suonato alla porta. Gli spari. E tutto il resto.

Quando ebbi finito, Margiotta si pulì la bocca con il tovagliolo, mandò giù un sorso di birra e mi disse, con estrema calma:

«Lei ha fatto molto bene a raccontarmi queste cose. Gliene sono grato. Di solito chi mente non capisce che prima o poi finisce nei guai. Saper mentire è un talento che possiedono in pochi.»

«Io non lo possiedo» gli feci.

«Cosa fa? Vuole convincermi che stavolta mi ha raccontato la verità? Non ce n'è bisogno. Io le credo. Così come le avevo creduto l'altra volta. Evidentemente lei non sa mentire e io non so capire chi mente. Guardi che dopo trent'anni di professione non è facile doverlo ammettere.»

Sorrisi. Ragionava in maniera raffinata.

«Adesso è lei che vuole fare credere a me di essere un dilettante?»

«No, affatto. Voglio solo dire che nel mio lavoro raggiungere la verità può essere davvero molto difficile» rispose. «Se quello che le hanno raccontato le due signorine presenti in casa al momento dell'omicidio di Domenico Greco è vero, allora la testimone che ha visto scappare una bionda giù dalle scale si sbagliava. Erano in due. Avrebbe dovuto vedere non solo la bionda Neiva Olivares, ma anche la sua amica mora, Claudia Perez.»

«Ha ragione» gli feci. «Ma forse la sua testimone non si sbagliava. Solo che la bionda che ha visto non era Neiva Olivares.»

Margiotta sorrise:

«Vuole rubarmi il lavoro?»

«No, per carità, come le ho già detto, io oramai *immagino*.»

«E cosa immagina?»

«Per esempio che se a uccidere Domenico è stata un'altra bionda, non posso essere stato io» gli feci. «Lo dico perché lei potrebbe a sua volta immaginare che a sparare quei due colpi di pistola sia stato io. Che so, per gelosia.»

«Lei mi legge nel pensiero. Avevo proprio iniziato a immaginare qualcosa di simile.»

«Però c'è un però. È stato lei a dirmi che tra i motivi che spingono all'omicidio il più pericoloso è l'amore. Bene, io Claudia non l'amavo.»

«Forse la odiava.»

«No, non si va a letto per anni con una donna che si odia. Claudia mi piaceva, e basta.»

Margiotta scosse la testa:

«Anche lei mi piace. Mi piace molto. È un osso duro.»

«No, commissario» replicai. «Sono soltanto innocente.»

«Me lo auguro. Detesto mandare in prigione le persone intelligenti. Ma certe volte anche loro uccidono.»

Non provai a capire se quella frase fosse un messaggio, più o meno criptico, rivolto a me. Gli dissi con voce ferma:

«Credo di essere stato molto sincero con lei, dottor Margiotta. In cambio, vorrei una cortesia. Non mi sbatta sui giornali.»

Margiotta sospirò:

«Abbiamo proprio una brutta reputazione, noi poliziotti. Tutti pensano che ce ne fottiamo della vita degli altri. Io no. Non ho scelto di fare questo lavoro per leggere il mio nome sui giornali. Faccio il poliziotto perché non mi piace *immaginare* un mondo in cui chi spara a un giovane attore possa pensare di passarla liscia.»

Quella notte, finalmente, riuscii a dormire un sonno tranquillo. Aveva avuto ragione, Carlo: vuotando il sacco mi ero tolto un peso dal cuore.

Qualche giorno dopo mi chiamò la principessa Domietta Ortari.

«Federico, le ho portato un piccolo pensiero dall'India. Passi a trovarmi, così glielo darò.»

Non avevo una grande voglia di rivederla. Ma di fronte alla sua gentilezza non potei rifiutare l'invito.

Mi ricevette sulla bellissima terrazza del suo palazzo, dal lato del Tevere. Sotto scorreva il solito serpentone di automobili. Un luogo straordinario rovinato da un rumore infernale. Si faceva quasi fatica a chiacchierare.

«È una pashmina, gliel'ho presa a Srinagar, in Kashmir.»

Si trattava di una grande sciarpa grigia, di shahtoosh, una lana ricavata da una specie in via d'estinzione. Oggi, in India, la vendita di queste sciarpe è proibita. Sono praticamente introvabili. Si trattava di un regalo molto pregiato.

«Non doveva, principessa» le dissi. «È una cosa esagerata.»

Domietta sorrise con la sua solita nonchalance:

«Ma per carità, Federico. Credo di essere stata molto maleducata con lei. Lo consideri un piccolo *cadeau* di scuse.»

«Non vedo di cosa dovrebbe scusarsi» le feci.

Un velo di malinconia le oscurò impercettibilmente il viso:

«Non è mia abitudine credere alle cattiverie della gente. E soprattutto alimentarle, come una portiera. So che l'ultima volta che ci siamo incontrati l'ho messa a disagio con tutte quelle mie domande stupide.»

Le sorrisi:

«Quindi è vero che l'India rende più saggi.»

«Sicuramente. Uno ritrova il tempo per riflettere.»

«Allora, prima o poi, ci dovrò fare un salto. Anch'io ho un gran bisogno di mettere ordine nei miei pensieri.»

Cambiò espressione. La sua malinconia fece spazio a qualcosa di profondamente serio. Mi disse:

«Io le ho mentito, Federico. Ho mentito a lei e al commissario che mi ha interrogata.»

Si alzò e proseguì il suo racconto di spalle. Non aveva la forza di guardarmi negli occhi.

«Io sapevo che Roberto Bassani aveva una relazione con Domenico Greco. A dirmelo, qualche anno fa, è stato il mio migliore amico, il marchese Roffredo Cafiero d'Aragona. Mi sono domandata a lungo perché me lo ha detto. Le ripeto, lui è il mio migliore amico e sapeva che io amavo Roberto Bassani da quando ero giovanissima. Ma sapeva anche che non avevo mai avuto il coraggio di dirlo a Roberto. Forse ha voluto aiutarmi. Ha voluto che quel mio sogno ingenuo s'infrangesse di fronte alla verità. Roberto non era l'uomo che avevo sempre idealizzato. Roberto andava a letto con un uomo.»

L'ascoltavo in silenzio. Quello che mi stava narrando era davvero sorprendente.

«Quando sono venuta a conoscenza di tutto ciò, sono caduta in depressione. Vede Federico, un amore che finisce è molto doloroso. Ma un amore che finisce senza mai essere nato è qualcosa di molto peggio. E io ho sopportato questa atroce ferita in silenzio. Poi ho deciso di vendicarmi.»

La vendetta. Quella della quale mi aveva parlato il marchese Cafiero d'Aragona. La vendetta di un'autentica principessa.

Improvvisamente Domietta si voltò e mi fissò dritto negli occhi:

«Sa cosa ho fatto per vendicarmi di Roberto Bassani? Ho iniziato ad andare a letto anch'io con Domenico Greco. Per rubarglielo.»

Ero venuto nel suo palazzo per ricevere una pashmina e adesso, invece, Domietta mi regalava una notizia a ventiquattro colonne. Uno scoop sensazionale.

«Principessa, lei sa che io sono un giornalista» le dissi. «Quello che lei mi ha appena detto potrei raccontarlo pubblicamente.»

«Non lo farà» rispose Domietta con assoluta calma. «Lei è un signore, non è uno sciacallo.»

Rimasi spiazzato.

«D'accordo» convenni, «diamo per scontato che non parlerò. Ma se questa notizia la scoprisse il commissario Margiotta, lei si troverebbe in una posizione molto pericolosa. Uno, perché nel corso del suo interrogatorio gli ha mentito. Due, perché potrebbe finire nella lista degli indiziati.»

«Lo so» rispose Domietta con la stessa calma. «Avrei potuto uccidere Domenico Greco. Ci andavo a letto, mi ero innamorata di lui; Domenico continuava a vedersi con Bassani, e io odiavo Bassani. Tutte ragioni plausibili per costruire un movente omicida.»

«Esatto.»

Mi sorrise:

«Però non è così. Io non mi sono mai innamorata di Domenico e ho smesso di odiare Roberto tempo fa. Sono innocente.»

Quella sua ricostruzione assomigliava in maniera strabiliante a quella che avevo fatto io a Margiotta, cercando di convincerlo della mia di innocenza. E come aveva fatto Margiotta con me, le dissi:

«Le credo, principessa. Sono convinto che non è stata lei a uccidere Domenico Greco.»

«Grazie Federico» fece lei con un filo di voce.

Poi sulla sua fronte riapparve un'ombra di cupa serietà. E mi chiese:

«Chi le ha confidato che mia cugina Lavinia va a letto con Roberto?»

Tra me e lei non era più tempo di mezze parole.

«Me lo ha raccontato il suo migliore amico, il marchese Cafiero d'Aragona. Mi ha detto che tra Lavinia e Roberto esiste una relazione. L'ha definita una "relazione complessa". Ma non è entrato nei particolari. D'altronde anche lui, pur essendo pettegolo, mi sembra un *signore*.»

Domietta non commentò. I suoi occhi si spostarono verso il Tevere. Girandosi di nuovo di spalle, mi chiese:

«Lei è innamorato di Lavinia?»

«No» risposi. «Io sono innamorato di mia moglie. Ma lei, un mese fa, mi ha lasciato.»

«Mi dispiace. Penso di poter capire cosa sta provando.»

Terminai, con una certa fatica, la sceneggiatura del film per Aurelio De Laurentiis. Gli avevo finalmente trovato un titolo, *La sera a Roma*.

Ad Aurelio piacque e c'incontrammo per decidere a quale regista affidare la realizzazione del film.

«Il migliore, in questo genere, mi sembra Paolo Virzì. È un fenomeno a dirigere le donne. Tu che ne pensi?» mi chiese Aurelio.

«Non credo che accetterà» risposi. «Paolo è un regista molto esigente e non gira film scritti da altri. È molto legato al ricordo di Age e Scarpelli. Prima di essere regista si sente sceneggiatore. Vuole scrivere lui.»

Ci pensai un attimo e gli feci un'altra proposta:

«Lo so che è anziano, ma io ho un debole per Carlo Lizzani.»

Carlo era molto anziano. Ma io lo incontravo spesso e ogni volta lo trovavo scattante, ragionava con la velocità di un quarantenne.

Aurelio restò qualche istante a riflettere:

«Tu sei un po' matto. Ma non hai detto una stronzata. Vallo a trovare. Vediamo se la cosa gli interessa.»

«Davvero ti sta bene Lizzani?» esclamai sorpreso.

«Sì, sono un po' matto anch'io» fece Aurelio con quel sorriso dispettoso che sfoggiava quando si divertiva a sparigliare le carte dell'ovvio.

Carlo Lizzani si uccise il giorno prima del nostro incontro.

Appresi la notizia alla radio. Si era lanciato nel cortile del suo palazzo dal terzo piano dell'appartamento in cui viveva, in via dei Gracchi. Le modalità della sua morte erano molto simili a quelle di un altro grande regista, Mario Monicelli. Carlo aveva lasciato un biglietto indirizzato ai figli: "Stacco la chiave". Secondo le prime testimonianze dei vicini, negli ultimi tempi appariva un po' depresso, forse anche per le critiche condizioni di salute della moglie.

Quella trista notizia mi gettò nella più cupa malinconia. E mi obbligò a riflettere ancora una volta sul senso profondo del suicidio, una via d'uscita che molti miei amici avevano scelto.

Adesso che Lizzani se ne era andato, i miei giorni, già scuri, sarebbero diventati inevitabilmente più cupi. Perché la sua uscita di scena era stata violenta come uno schiaffo. Uno schiaffo ingiustificato che faceva ancora più male. Perché quando un tuo amico decide di rovesciare le regole, di ribaltare le procedure, di sostituirsi al tempo, al destino, addirittura a Dio, anche se lui a Dio non credeva, quello che ti lascia è un senso di profondo sgomento. Ti fa sentire in colpa, come se quel gesto fosse la rivelazione di un aiuto negato, di qualcosa che poteva essere fatta ma che non era stata fatta. Naturalmente non era così. Quel sapore acre di colpa non aveva senso. Non doveva esistere. Eppure in me restava la sensazione di una storia meravigliosa rovinata all'ultimo secondo da qualcosa di assurdo. Qualcosa che avrei faticato a scrollarmi di dosso.

Mi chiamò il direttore. Mi chiese di scrivere un pezzo di ricordo su Carlo, da pubblicare in prima pagina.

Rifiutai.

«Gli volevo bene.»

In lui emerse il dna del direttore:

«Chissà perché Pietro Calabrese ti aveva assunto. Un vero giornalista lo mette in conto che muoiono quelli ai quali vogliamo bene.»

La casa di via Pompeo Magno, senza Pamela, mi era diventata ostile. Sfruttavo ogni occasione per starne fuori il più a lungo possibile. Accettavo di partecipare a eventi improbabili, inaugurazioni di nuovi negozi o ristoranti. D'altronde, occupandomi di costume sul "Messaggero", ricevevo ogni settimana quintali di inviti ad anteprime di film in uscita, mostre d'arte, sfilate di moda e a tutti quei mefitici eventi mondani che dovrebbero rallegrare una grande città. Io li detestavo. Non sono un presenzialista e l'idea di farmi notare un po' ovunque mi provocava un leggero senso di vergogna. Ma chiudermi in casa sarebbe stato peggio.

E fu proprio a una sfilata di moda che rividi il marchese Cafiero d'Aragona. Era seduto qualche fila dietro di me, in compagnia della simpatica principessa di Santa Severa. Finita la sfilata ci ritrovammo affiancati tra gli invitati che cercavano di raggiungere faticosamente l'uscita.

«Noi andiamo a mangiarci una pizza alla Fiorentina, vicino a piazza Mazzini. Le va di farci compagnia?» mi chiese.

Quell'antico ristorante non era lontano da casa mia. Dopocena sarei potuto rientrare a piedi. A forza di prendere taxi, andando in giro come una trottola, mi stavo dissanguando. E così accettai.

Si mangia bene alla Fiorentina. Cucina italiana tradizionale e soprattutto camerieri vecchio stampo, che conoscono ancora il loro lavoro. Certo, nel locale non trovi l'allegria del Bolognese o la sapienza culinaria del Moro, ma non corri il rischio di ritrovarti sul piatto quegli obbrobri della *nouvelle cuisine* che tanto vanno di moda. Lì, la pasta è la pasta e la cotoletta alla milanese è ancora quella che preparava mia madre.

Quando ceni con gli snob devi accettare le loro regole di ingaggio. Parlando del più e del meno, chiesi alla principessa di Santa Severa se aveva letto il mio articolo su *Roma vista controvento*, un bellissimo libro di Fulvio Abbate. Con un leggero imbarazzo, rispose:

«Ah già, Federico, lei scrive sui giornali. Su quale?»

In quella piccola formula dubitativa c'erano tutto il disprezzo e il senso di superiorità della donna snob, che finge sempre stupore, facendo credere al suo interlocutore di vivere in un mondo appartato, lontanissimo, dove l'eco della vita quotidiana degli altri arriva difficilmente, essendo quel mondo nutrito di storie proprie, diverse, non compatibili con le avventure di chi quel mondo non lo abita.

Non me la presi.

La cena trascorse tra commenti, più o meno acidi, sullo stato di salute del Circolo della Caccia. Non era esattamente come stare al tavolo con Elsa Morante e Alberto Moravia.

Per fortuna le cene hanno un limite naturale. Verso le undici accompagnammo la principessa di Santa Severa a un taxi, sulla piazza.

Non appena se ne fu andata, Cafiero d'Aragona mi propose di fare due passi.

«Da qui a casa sua dovrà farsi una bella scarpinata. Sicuro di non prendere un taxi?» gli feci.

«Mi piace andare in giro la notte» rispose. «Io sono come quei cacciatori che battono il territorio in cerca di prede. E la notte è un ottimo momento per riempire il carniere.»

Dal tempo di Pasolini, ma forse da sempre, i gay coltivano con immutata pazienza le stesse abitudini notturne. E il marchese Cafiero d'Aragona non era un'eccezione alla regola.

«È proprio una provinciale» disse indicando la direzione in cui era scomparso il taxi della principessa. «Capirai, una contessa abruzzese. Si è sposata con il principe di Santa Severa perché lui era una mezza sega mentre lei era una giumenta di razza. Garantiva i *guaglioni*. Ne ha sfornati quattro. Però è rimasta una nobilotta di paese. Ha sentito quanto è pettegola?»

«Detto da lei è sorprendente» commentai.

Cafiero d'Aragona sorrise:

«*Vabbuo'*, ma io mica sono pettegolo. Sono maldicente, che è una roba molto più sofisticata. Lei invece passa intere ore al telefono con le amiche, sempre a caccia di notizie, alla rincorsa delle novità mondane. È *'na macchietta*.»

«Questa è l'alta società» gli dissi ridendo.

«Tutte le *società* si assomigliano» chiosò Cafiero d'Aragona.

Ma improvvisamente cambiò espressione. Da maldicente si fece rapace.

«Lei mi ha deluso, Federico. Qualche mese fa le ho suggerito di tenere a bada Lavinia. Ma lei non l'ha fatto. Per carità, avrà avuto le sue buone ragioni. Il guaio, però, è che il putiferio tra Lavinia e Domietta adesso sta per scoppiare.»

«Be', non credo che sarà una nuova guerra mondiale» risposi. «Vede, Cafiero d'Aragona, io, tutto sommato, sono un intellettuale. Le guerre dei palazzi romani m'interessano fino a un certo punto.»

«Sbaglia» riprese Cafiero d'Aragona. «Perché questa guerra rischia di travolgere anche lei.»

«E come?»

Cafiero d'Aragona mi sorrise con perfida malizia:

«Siete tutti collegati. Lavinia, Domietta, Roberto Bassani e lei. *'O guaio* è che siete tutti più o meno impicciati con un giovanotto che è stato ucciso.»

La sua cruda analisi mi raggelò il sangue. Era vero. Roberto Bassani era legato sentimentalmente a Domenico Greco, Lavinia era legata a Roberto, Domietta aveva amato Roberto ed era diventata l'amante di Domenico. E in questo quadrilatero inquietante rivestivo un ruolo anch'io: amico di Lavinia, conoscente di Domietta e Bassani, ma soprattutto saltuario compagno di letto di Claudia Perez, la fidanzata segreta di Neiva Olivares, a sua volta fidanzata ufficiale di Domenico. Messa così era proprio la trama di quello scandalo dei "quartieri alti" che aveva elettrizzato il mio collega giornalista Maselli.

Mi venne un dubbio. Come faceva Cafiero d'Aragona a sapere di me e Claudia? Forse era stata Lavinia a riferirgli la soffiata maligna di Bassani. Così gli dissi:

«Marchese, lei è un uomo troppo complicato per me. Mi accusa di qualcosa che non capisco.»

Cafiero d'Aragona scosse la testa, con quel suo modo dispettoso e affettato, elaborato in anni di maldicenze:

«Roma è un paesotto, lo è sempre stato. La gente parla, altri ascoltano. Non sempre si tratta di verità. Ma chi ascolta non perde tempo a distinguere tra verità e bugie.»

All'angolo con il ponte della Libertà ci separammo. Lui avrebbe attraversato il Tevere, io lo avrei costeggiato fino a casa mia.

«Buona serata, Cafiero d'Aragona» gli feci. «Spero che riesca a riempire il suo carniere.»

Lui sospirò:

«Non sarà facile. In primavera le prede ancora scarseggiano. La grande caccia comincia in estate.»

La mattina dopo presi una decisione.

Chiamai l'Alitalia. E prenotai un volo per Boston.

Un taxi mi lasciò davanti al piccolo *brownstone* di Newbury Street dove abitava Tom, il fratello di Pamela. Era identico ai tanti palazzi in arenaria scura che, in fila, rendevano quella strada elegante di Boston simile a un quadro di Edward Hopper.

Suonai. Venne ad aprirmi Tom. Quando mi vide non riuscì a mascherare la sua sorpresa.

«Ciao Tom» gli dissi con voce stanca.

«Ciao Federico» rispose con una voce più stanca della mia.

Non lo vedevo da quasi dieci anni. Era invecchiato. Con i suoi capelli argentati mi ricordò Jason Robards, l'attore americano che avevo sempre amato. Faccia pulita e sguardo ironico da borghese *eastern* intelligente.

Trovai Pamela seduta nel piccolo living del primo piano. Stava allungata su un vecchio divano ad *ascoltare* un audiolibro.

Mi vide ma non si tolse le cuffie. Continuò ad ascoltare il suo libro quasi con indifferenza.

Mi andai a sedere sulla poltrona davanti a lei. Ero molto stanco dopo il mio lungo viaggio aereo.

Mi addormentai.

Feci un sogno. Uno strano sogno.

Mi trovavo in una strada di New York. Faceva un caldo insopportabile. Così entravo in un bar.

Seduto al bancone c'era un gruppo di mie vecchissime conoscenze. Ahimè scomparse. Uno di loro, Paolo Panelli, mi diceva: "Ti stavamo aspettando".

Accanto a lui mi sorridevano due volti conosciuti: Pietro Garinei e Mario Soldati. Tutti grandi amici di mio padre.

A un certo punto Soldati si alzava dal bancone e veniva ad abbracciarmi:

"Tuo padre ti ha mandato una lettera. Mi ha chiesto di leggerla."

Poi tirava fuori un pezzo di carta e iniziava a leggere.

La cosa strana è che la sua voce era quella di mio padre:

"Ci sono tantissime cose, spesso piccole, forse le più piccole, che rendono bello il nostro percorso umano. Sono quelle che ti appaiono fuggevolmente ogni giorno e che tu stenti a percepire. È bello vedere due ragazzi che si baciano a una fermata del tram. Oppure una signora anziana che cammina con la sporta della spesa, coraggiosa e indipendente. È bello vedere un cane che corre a perdifiato in un prato, senza ragione. È bello riconoscere il profumo di una stagione che arriva e riporta a galla emozioni sopite. È bello ridere. Anche di una fesseria. È bello comprarsi qualcosa di inutile. È bello conoscere nuove persone. È bello piangere. È bello cambiare idea. È bello anche dimenticare. Perdonare. Già, perdonare. Forse la cosa più bella della vita."

Alla fine tutti battevano le mani.

Io li guardavo spaventato. E chiedevo:

"Come sta papà?"

Il vecchio Pietro Garinei si metteva a ridere:

"È tutto il giorno in giro con Vittorio De Sica e un gruppo di ballerine."

Poi mi svegliai.

Cosa voleva significare quel sogno?

Forse papà aveva capito che stavo perdendo i riferimenti basici della mia esistenza. Intorno a me stavano crollando troppe certezze. E lui, con la sua grazia da musicista, aveva messo in ordine qualche nota, qualche accordo, per riportarmi sulla strada giusta. Quella della semplicità?

«Lo so che è difficile da credere, ma io non ti ho mai tradita sul serio.»

Pamela aveva accettato di fare una passeggiata insieme a me nel piccolo parco che costeggiava Newbury Street.

Mi ascoltava in silenzio, provando a immaginare fino a dove sarebbe arrivata la mia insensata arringa difensiva.

«È vero, sono andato a letto con un'altra. Ma non so perché l'ho fatto. Io ho amato solo te. Sempre. Senza di te non so vivere. Non riesco a stare nella nostra casa se tu non ci sei. Se non dormo con te.»

Pamela sospirò:

«Quando ti ho conosciuto sapevo che era un rischio innamorarsi di un italiano. Sai, noi americani semplifichiamo sempre tutto. Per una che nasce a Boston, l'uomo italiano è sempre un po' il Marcello di Fellini. Simpatico, irresistibile, ma bugiardo. E tu hai mantenuto le promesse. Simpatico ma bugiardissimo.»

«Irresistibile mai?»

«Forse un tempo» rispose con un mezzo sorriso. «Comunque non eri Marcello, non montarti la testa.»

Era così pragmatica, Pamela, mai sentimentalista, mai melensa.

«Nella lettera che mi hai mandato dicevi che non avresti ascoltato le mie scuse» ripresi. «Ma io non ci riesco. Ti chiedo perdono.»

«Ho commesso un errore nella mia lettera» fece lei. «Non ti ho scritto di non venire. E tu sei venuto.»

«Non lo trovi irresistibile?» le dissi, provando a sfoderare un sorriso alla Mastroianni.

«No, affatto» rispose. «Mi sembra una di quelle robe che scrivi per i personaggi dei tuoi film. L'italiano cialtrone che cerca di riconquistare la donna che ama, per poi tradirla di nuovo appena lei lo ha perdonato.»

«Tu ancora non mi hai perdonato.»

«E ancora non so se lo farò.»

La fissai con gli occhi da cane bastonato:
«Che faccio, aspetto qui a Boston la risposta?»
Lei trattenne una risata:
«No, stavolta il tuo personaggio lo scrivo io. Domani torni a Roma. La risposta te la farò avere lì.»

Mentre l'Airbus dell'Alitalia mi riportava a Roma, mi tornò in mente una formidabile battuta dell'umorista americano Rodney Dangerfield: "Io e mia moglie dormiamo in camere separate, non ceniamo mai insieme, facciamo le vacanze da soli... insomma, ce la stiamo mettendo tutta per salvare il nostro matrimonio".

Riuscii a dormire qualche ora. Al risveglio mi venne in mente un'altra battuta sulla vita matrimoniale, pronunciata da non ricordo chi: "Se volete una vita sessuale fatevi l'amante, se volete una vita sentimentale compratevi un cane". Visto il tasso di umorismo di Pamela, avevo fatto bene a non citare queste amene riflessioni durante il mio breve soggiorno a Boston.

Arrivando a Roma, infilata sotto la porta del mio appartamento, trovai una copia del "Messaggero". Strano: malgrado fossi una colonna del giornale nessuno si era mai preso la briga di farmi recapitare a casa una copia. Ma capii immediatamente la ragione di quella stranezza. In prima pagina, di spalla, spiccava una notizia inquietante: "La brasiliana del caso Greco si uccide lanciandosi dalla finestra".

Neiva Olivares si era suicidata.

Incontrai Maselli alle Colline Emiliane, un vecchio ristorante in via degli Avignonesi, a due passi dal giornale. Un classico della ristorazione romana. Tanti anni fa era stato molto frequentato da pittori, scrittori e gente di cinema. Il più assiduo era Michelangelo Antonioni.

«Sta diventando una brutta storia» dissi a Maselli, anche lui scosso dalla notizia della morte di Neiva.

«Bruttissima» mi fece. «Il direttore mi ha chiesto di starci sopra almeno per una settimana. Vuole che passi al setaccio la vita della brasiliana.»

Prima che ci arrivasse lui, e ci sarebbe arrivato, decisi di vuotare il sacco.

«Tieniti forte alla sedia» gli dissi. «Sai chi era Neiva Olivares?»

«Certo, la fidanzata di Domenico Greco» rispose Maselli con un sorriso scanzonato.

«Ma non solo di Domenico» aggiunsi. «La Olivares aveva una relazione intima anche con Claudia Perez.»

Maselli parve spiazzato:

«E mo' chi è questa?»

Gli sorrisi:

«Claudia Perez è un'insegnante di pilates. Ma soprattutto è la ragazza con la quale vado a letto io.»

Malgrado fosse abituato alle notizie sensazionali, stavolta Maselli accusò il colpo:

«Cazzo!» disse, ma ritrovò subito il suo aplomb da giornalista consumato. Cinico e spiritoso: «È bona?».

«Molto.»

«Sei un grande.»

«Sì, un grande coglione!» esclamai. «Mi scopavo Claudia senza sapere che andava a letto con Neiva.»

Maselli non riuscì a trattenersi:

«Allora era vero quello che dicevano in redazione, che ti facevi una sventola.»

«Qui la sventola rischio di prenderla io se ti lasci scappare la notizia» gli feci.

Poi lo misi al corrente su tutto quello che mi aveva raccontato Claudia. Compresa la sua falsa testimonianza a Margiotta, che io avevo confermato. Perché per me Claudia era innocente.

Maselli pareva elettrizzato da quelle novità. Ne mancava ancora una. E la sparai fuori a bruciapelo:

«Continua a tenerti forte alla sedia. Domenico Greco, oltre ad andare a letto con Neiva Olivares e Roberto Bassani, se la faceva anche con la principessa Domietta Ortari. Sai chi è?»

«Buio totale» rispose. «Io faccio la *nera*, non la *rosa*.»

Lo ragguagliai io:

«Domietta Ortari è la cugina della mia amica Lavinia Orsato della Torre, quella che mi avevate affibbiato come amante.»

«I famosi quartieri alti.»

«Altissimi. Ma in questo caso non c'entra il sesso. La principessa Ortari era innamorata di Roberto Bassani, naturalmente non corrisposta, e aveva deciso di scopare con il giovanotto per pura vendetta. Per colpire Bassani.»

«Che storia meravigliosa» balbettò Maselli, pregustandosi chissà quale premio Pulitzer del gossip noir.

Lo riportai subito con i piedi per terra:

«Adesso ne sai più di quelli della questura. Ma se domani leggo sul giornale quello che ti ho raccontato, vengo in via del Tritone e ti frantumo la mascella.»

«Lo so, tu da giovane facevi pugilato. Io invece giocavo a rugby. Non è facilissimo buttarmi giù» commentò sorridendo. «Comunque non sono una merda. Per me conta più l'amicizia che uno scoop.»

Ero in attesa di un cenno di Pamela da Boston. Mi avrebbe perdonato? Sarebbe tornata?

Passai tutta la sera nel mio studio. A riflettere. Cercavo di mettere in parallelo il sentimento dell'amore, quello che provavo per Pamela, e l'amicizia che mi legava a tante persone. Tra i due legami, amore e amicizia, probabilmente il secondo è quello più autentico.

Sì, credo che l'amicizia sia il sentimento più bello e prezioso che ci è dato di provare nel corso della nostra vita. Si diventa amici, in barba alle razze e alle religioni, non per tornaconto o utilità, ma perché in qualche modo sentiamo che ci arricchisce. L'amicizia nasce da un modo di sorridere, di stringere la mano, di essere timidi o sfrontati, o solamente simpatici. Nasce da una impalpabile voglia di non essere irreggimentati dalle nostre abitudini sociali, facendo qualcosa di diverso: scegliere un altro senza ragione pratica, solo per affinità esistenziale. Come scriveva Balzac, quel che rende indissolubili le amicizie e ne raddoppia l'incanto è un sentimento che manca all'amore: la sicurezza.

Di questo riflettei per tutta la sera. Poi, all'una di notte, squillò il telefono.

Era Claudia. Mi disse con voce raggelante:

«Domani ci sono i funerali di Neiva. Lo so che non dovevo più chiamarti. Ma se non vieni, io, lì, divento matta. Ti prego, Federico, non mi lasciare sola.»

Dopo la sua insensata telefonata a Pamela, avevo giurato a me stesso di chiudere definitivamente con lei.

Mai giurare nella vita. Claudia mi fece tenerezza. E andai.

Le esequie di Neiva Olivares si tennero nella chiesa di Ponte Milvio.

Le prime file erano occupate da una nutrita rappresentanza del mondo del fitness romano: insegnanti, allievi, massaggiatori, estetiste. Un mix di palestrati, rifatte e bella gioventù.

Dal Brasile, devastata dal dolore, era arrivata la madre di Neiva, una signora sulla sessantina con il capo coperto da un velo nero. Si andò a piazzare in prima fila. E si inginocchiò a fissare la bara adagiata a terra sul marmo grigio.

Mentre cominciava la funzione qualcuno venne a sedersi accanto a me. Era Claudia. Aveva gli occhi coperti da un paio di occhialoni da sole. Indossava dei fuseaux di pelle nera, una giacca attillata scura e degli stivaletti alla moda. Era un incanto.

Mi bisbigliò sottovoce:

«Grazie. Ti voglio bene.»

Strinsi la sua mano:

«Sono venuto perché se sai qualcosa di più sulla morte della tua amica, me la devi dire.»

«Neiva si è uccisa perché era innocente. Non ce l'ha fatta a reggere il peso dei sospetti» disse lei.

«Oppure qualcuno l'ha buttata di sotto» le feci.

Claudia mi guardò con espressione sgomenta:

«Se è così, sarebbe orribile.»

Cercai di scuoterla:

«Già era orribile prima. Quello che voglio sapere da te è se mi hai raccontato tutto. Claudia, tu in questa vicenda stai rischiando grosso: se hai qualche sospetto su chi ha ucciso Domenico me lo devi dire.»

«Sì» mi fece con voce improvvisamente determinata. «Penso che sia stato lui.»

Con la testa mi indicò un uomo in piedi in fondo alla chiesa.

Era Roberto Bassani.

Cosa diavolo era venuto a fare?

«Ma allora lo conosci?» le domandai sorpreso.

«Due giorni fa me lo sono ritrovato davanti all'uscita della palestra. Mi ha fatto un sacco di domande. Su Neiva. Su Domenico. Sapeva perfettamente che io e Neiva avevamo avuto una storia. E che io vado a letto con te. Poi mi ha anche chiesto se ero a conoscenza di una relazione tra Domenico e una certa principessa. Ma non ricordo più il suo nome. Ero confusa.»

«Domietta Ortari?»

«Esatto, lei.»

«Perché pensi che sia stato Bassani a uccidere Domenico?» le chiesi.

«Istinto femminile» rispose.

«Un po' poco» commentai.

«Dici?» replicò lei.

«La testimone che ha visto scappare una persona giù dalle scale dopo il delitto ha detto che si trattava di una bionda. Non poteva essere Bassani.»

Claudia replicò secca:

«Può avere testimoniato il falso. Ho testimoniato il falso anch'io. E anche tu.» Fece una breve pausa e aggiunse: «Bassani ha commesso un errore nel venire a parlarmi. Se raccontassi alla polizia che mi ha fatto tutto quelle domande, ma soprattutto che sa tutto di me, di te, di Neiva, loro si chiederebbero perché mi ha cercata. E arriverebbero alla stessa conclusione alla quale sono arrivata io. Bassani ha paura di qualcosa e vuole sapere se le persone in qualche modo implicate nell'omicidio sanno di che si tratta».

Proprio in quel momento mi accorsi che erano arrivate altre due persone interessate all'evento: il commissario Margiotta e il mio amico Maselli.

Non dissi nulla e feci finta di non vederli.

Fuori dalla chiesa, mentre parenti e amici davano l'ultimo saluto alla povera Neiva Olivares, fui avvicinato da Margiotta. Non gli ero sfuggito tra la folla.

«Vedo che questo caso l'appassiona» mi disse con un pizzico di ironia.

Gli sorrisi.

«A proposito di questo: l'ho vista in chiesa seduta accanto a lei, la sua Claudia Perez. Durante i nostri incontri al commissariato non mi sono mai soffermato su alcuni suoi punti forti. Complimenti, è notevole.»

La buttai lì:

«Penso che avrà notato anche la presenza di Roberto Bassani. A me ha sorpreso trovarlo in chiesa.»

Margiotta mi fissò con i suoi occhi acquosi, quasi indolenti:

«Nel mio lavoro è sempre la stessa roba: qualcuno fugge e qualcuno cerca di raggiungerlo. Può essere un innocente che scappa da un assassino. O un assassino che scappa da un poliziotto. Io, però, non sono venuto in questa chiesa a inseguire qualcuno. La morte mi fa paura, la temo, ma soprattutto rispetto il dolore che provoca. Sono venuto a portare il mio ultimo saluto a una ragazza sfortunata.»

«Continua a pensare che sia stata lei a uccidere Domenico Greco?» gli chiesi.

«In un certo senso lo spero. Perché il caso sarebbe chiuso. Ma con la sua morte le cose si sono complicate oltremodo.»

«Già. Potrebbe non trattarsi di un suicidio» gli dissi.

Margiotta scosse la testa, quasi divertito:

«Lei davvero cerca di rubarmi il mestiere.»

«Be', in fondo facciamo la stessa cosa: ragioniamo.»

«Esatto» rispose. «E io da quando hanno ucciso Domenico ragiono. Sa di cosa? Questo omicidio non è solo un mistero, è qualcosa di più. È un microscopio con il quale è possibile ingrandire i microbi di questa città.»

«Cosa molto più interessante, mi sembra» gli feci.

«Concordo con lei» convenne Margiotta. «Io vengo dal Sud e ci ho messo un po' di tempo a capire che Roma è la città di Nanni Moretti, ma anche quella del Canaro.»

«Esatto. Roma è incomprensibile.»

«Con l'aiuto di quel microscopio, un po' meno.»

Annuii e ci salutammo stringendoci la mano.

Quando lo vidi allontanarsi verso viale delle Medaglie d'oro, raggiunsi Maselli.

«Ci sono novità?» gli chiesi.

«A parte che confermo il giudizio della redazione sulla tua ganza. È strabona. Per il resto, la presenza di Margiotta stuzzica un dubbio che avevo. La brasiliana forse non si è uccisa, l'hanno buttata giù dalla finestra.»

Sospirai:

«È quello che penso anch'io. E lo pensa Margiotta.»

Lui mi lanciò un'occhiata preoccupata:

«Federico, non ti incazzare. Ma se qualcuno l'ha fatta volare giù dal terzo piano, l'indiziata numero uno è proprio la tua "fidanzata". Metti che quello che ti ha raccontato Claudia Perez sia falso. Che a uccidere Domenico Greco sia stata lei, magari insieme alla brasiliana. L'unica persona che poteva denunciarla era proprio Neiva, visto che era lì in casa. Ripeto, non ti incazzare, ma il movente ci starebbe tutto.»

Non trovai nulla di sensato per smontare il suo ragionamento. Maselli rifletteva con la cruda mentalità del vero cronista di *nera.*

«Sono stanco di questa storia» gli feci. «Mi mette ansia. Mi fa francamente schifo.»

La scrittura è come l'oppio. Se ci convivi, riesci a trasferirti in un mondo parallelo, dove le brutture del reale vengono disinnescate da un'illusione di serenità.

Mi buttai a capofitto nella sceneggiatura per De Laurentiis. Nel giro di pochi giorni misi insieme una cinquantina di pagine, circa la metà del film. Scrivevo con foga, come avevo visto fare, anni prima, ad alcuni dei miei vecchi colleghi scomparsi, Furio Scarpelli e Bernardino Zapponi. E come avevano fatto, prima di loro, Vittorio Metz e Marcello Marchesi, i quali, per rimanere svegli davanti alla macchina da scrivere, s'imbottivano di Simpamina.

Poi, una sera, stanco di battute, personaggi, descrizioni, capii che avevo bisogno di staccare.

Era quasi mezzanotte e decisi di fare un salto in un pianobar. Non ci mettevo piede da secoli. Era quello che mi serviva per distrarmi.

Entrai al Jackie O', dove, da giovane, avevo passato molte serate allegre insieme a Pamela. Fui subito accolto con calore dai camerieri e soprattutto dal direttore, che mi venne a riverire come avrebbe fatto con Soldini al rientro da una transoceanica. Mi fece sentire un reduce. Infatti, lo ero.

Dei vecchi amici che frequentavano il locale, nemmeno l'ombra. C'era gente di una *nuova Roma* che non riuscivo bene a mettere a fuoco. Giovanotti atletici, impomatati, con abiti aderenti come guanti di lattice. E ragazze volgarotte, un fritto misto di periferico, paesi balcanici e immigrate esotiche. Inutile dire, al limite del *nude look.*

Seduto a un tavolo, in compagnia di una bonazza mora

dalle forme esplosive, c'era un grassone brizzolato di mezza età. Mi invitò a raggiungerlo con un cenno amichevole.

«Salve» gli feci, quando fui a un passo da lui. «Non ricordo bene. Ci conosciamo già?»

«No, maestro» rispose lui.

Odio chi mi chiama maestro. Fare il maestro è una cosa seria. Io faccio il cinema, una faccenda seria, ma con molte meno responsabilità.

«Mi chiamo Venanzio, Venanzio Florio» fece, tendendomi la sua mano paffuta. «Mi occupo di politica. Le volevo presentare Sacha. Sogna di fare il cinema. Guardi come è bella. Una meraviglia.»

Insistette perché mi accomodassi lì con loro. E non ci mise molto per arrivare al punto:

«Maestro, io ho amici un po' dappertutto. In Rai sono di casa. Basta che alzo il telefono. Capisce, vero? Se lei m'inserisce Sacha in una bella produzione, le scrive un bel ruolo, una roba intensa, i soldi per il progetto ci sono. Faccia conto che li abbiamo già in tasca. Tanti, tantissimi soldi.»

«Lei di cosa si occupa precisamente?» gli chiesi.

«Sto in Regione» rispose tronfio. «Diciamo che i soldi che vanno e vengono dipendono molto da me. Faccio il vigile: fermo, lascio passare, mi giro da un'altra parte, castigo, perdono. Io a un amico posso cambiargli la vita.»

Era una vera merda. E glielo feci capire fingendomi merdoso anch'io:

«Caro Florio, a me i soldi non interessano. Io faccio parte di quel vecchio sgangherato cinema che per scrivere una parte a una bella ragazza pretende di andarci a letto. Ci rifletta, stanotte. Se la sua amica è disposta a farsi scopare, mi chiami. Sono sull'elenco.»

Mi alzai, lasciandolo rosso di rabbia.

Un quarto d'ora dopo ero di nuovo a casa.

Il mio intermezzo notturno al pianobar era durato meno del primo tempo di un film.

Quello che aveva previsto Maselli accadde qualche giorno dopo. Mi chiamò alle otto del mattino con voce preoccupata:

«Federico, adesso tieniti forte tu. Ho brutte notizie. Stamattina, all'alba, hanno arrestato Claudia Perez.»

Mi ero appena svegliato, ero confuso.

«Che significa "arrestata"?»

«L'hanno portata a Rebibbia con l'accusa di duplice omicidio. Margiotta pensa che sia stata lei a uccidere Domenico Greco e Neiva Olivares.»

L'adrenalina mi fece svegliare di colpo.

«Margiotta non può farlo! Claudia aveva un alibi che io ho confermato!»

Maselli rimase qualche secondo in silenzio, poi fece:

«Sì, ma era un alibi falso. Me l'hai raccontato tu.»

Già, Claudia aveva mentito. E avevo mentito anch'io. Ma così come mi ero illuso di aver siglato un patto di privacy con Bassani, patto che lui aveva tradito, adesso anche le mie confidenze a Margiotta si erano trasformate in un boomerang. Sapendo che Claudia e Neiva si trovavano in casa di Domenico, quando lui fu ucciso, per Margiotta il misterioso suicidio di Neiva era improvvisamente diventato un più che probabile omicidio, un regolamento di conti tra quelle due donne che, nella sua mente, avevano compiuto insieme il primo delitto.

Cercando di mantenere la lucidità, dissi a Maselli:

«Tu adesso non ti devi preoccupare per me. Sul giornale sarai costretto a scavare nella vita di Claudia. Be', prima che qualche altro collega della concorrenza mi sbatta in prima pagina, fallo tu. Ma cerca di non infierire. Trova il modo di non farla sembrare una storia squallida. Perché non lo è mai stata. Claudia è una brava ragazza. Non ha ucciso né Domenico, né Neiva. Ci metto la mano sul fuoco.»

«Mi dispiace, Federico» balbettò a mezza voce Maselli.

«Prima o poi i conti in sospeso si pagano» gli risposi.

«Devi difenderla tu. Devi tirarla fuori.»

Carlo, il mio penalista, mi ascoltava con puntigliosa attenzione. Mi fissava in maniera quasi disturbante:

«Federico, tu mi hai raccontato tutto quello che sai?»

«Tutto.»

Sospirò:

«Però c'è una cosa che non sappiamo. Se Margiotta l'ha sbattuta in carcere ha in mano qualche carta che noi non conosciamo. Non è un pazzo. Per esempio, non sappiamo se Claudia aveva un alibi al momento dell'omicidio di Neiva. Probabilmente non ce l'ha. E questo sarebbe un bel problema. A nostro vantaggio, però, bisognerà esaminare le prove che ha Margiotta per sostenere che Neiva non si è suicidata. Per accusare Claudia di omicidio servono prove certe: o qualcuno che l'ha vista mentre la scaraventava fuori dalla finestra, o qualche traccia del suo dna sugli abiti della brasiliana. Metti che ci sia stata una colluttazione tra le due, qualche residuo degli abiti di Neiva potrebbe essere rimasto tra le unghie della tua amica.»

«Come facciamo a saperlo?»

Carlo sorrise:

«Tranquillo, è il mio lavoro.»

Restai a fissare il suo viso giovane e rassicurante. Poi gli dissi:

«Una cosa non te l'ho raccontata. Domenico Greco andava a letto con la principessa Domietta Ortari.»

«Non so chi è» fece lui. «Secondo te potrebbe essere implicata nel delitto? Nei due delitti?»

«Non lo so. Comunque, questa storia ha un casino di derive. C'è dentro il sesso, l'omosessualità, l'alta finanza, l'aristocrazia e due ragazze che sbarcavano il lunario cercando di farci diventare più belli e più sani.»

Carlo appuntò il nome di Domietta sul suo taccuino. Quando lo richiuse mi disse:

«È inutile dirti che, con molta probabilità, il tuo nome finirà sui giornali.»

«Lo so. Pazienza. Quando accadrà decideremo cosa fare.»
Mi carezzò la mano sulla scrivania:
«Con Pamela come va?»
«Sta decidendo se perdonarmi o no. Certo, adesso che Claudia è in carcere con l'accusa di duplice omicidio tutto diventa più complicato.»

Claudia accettò di farsi difendere da Carlo Longari. Dopo il loro primo incontro in carcere, Carlo e io ci vedemmo subito da Canova, in piazza del Popolo.
«Come sta?»
«Hai una domanda di riserva?» rispose sospirando. «Continua a ripetere che è innocente. Non si dà pace.»
«Secondo te dice la verità? È innocente?»
«Per me lo sarà finché un tribunale non mi darà torto.»
Era tosto, Carlo. Malgrado avesse vent'anni meno di me pareva un uomo maturo. Responsabile.
«Che hai saputo sull'alibi?» gli chiesi.
«Neiva Olivares si è uccisa, o è stata uccisa, alle 20.30» mi spiegò Carlo. «Claudia Perez è stata vista uscire dalla palestra di viale Parioli alle 20 circa, orario di chiusura. Poi una inquilina del suo palazzo alla Balduina l'ha vista rientrare a casa alle 20.50. C'è un buco di cinquanta minuti. Secondo la questura, da viale Parioli alla Balduina, in motorino, ci vuole massimo mezz'ora. Dunque Claudia avrebbe avuto venti minuti per fermarsi a casa di Neiva, che abitava all'inizio della Cassia, a metà strada tra viale Parioli e la Balduina, salire da lei e ucciderla.»
«Mi sembra un po' poco» gli feci.
«Hai ragione. Ma è anche vero che cinquanta minuti per tornare a casa in motorino sono un po' troppi. Comunque a me interessa di più l'esame per appurare un'eventuale colluttazione tra le due. I sospetti sono leciti, ma per il momento non esistono un movente e una prova materiale.»
Rimasi un attimo a riflettere:

«Se Margiotta mi chiede di mettere a verbale quello che so su Claudia e Neiva quando fu ucciso Domenico, che faccio?»

«Margiotta ha provato a far parlare Claudia» rispose. «Ma lei continua a sostenere di aver passato il pomeriggio da te.» Lo vidi farsi scuro in viso. «Sono stato io a dirti di andare a confessare tutto a Margiotta. Ma visto che lui non ha verbalizzato, a questo punto credo che convenga cambiare versione. Se ti interroga, tu conferma la versione della Perez.»

Il suo consiglio mi prese in contropiede:

«Margiotta penserà che sono un uomo di merda.»

«Anche lui è un uomo di merda se manda in galera una donna innocente» ribatté. «Probabilmente qualcuno sopra di lui gli ha chiesto di tirare fuori in fretta un colpevole. Da troppi anni in questa città leggiamo di delitti impuniti. Quindi vogliono condannare la Claudia di turno. Ma l'unica che poteva smentire l'alibi di Claudia era Neiva. E ora Neiva non c'è più. Il suo è diventato un alibi di ferro se tu lo confermi.»

«Funziona così un processo penale?» gli chiesi sorpreso.

«Certo. Margiotta cerca di portare a casa il risultato. E anch'io. Con tutti i mezzi. È lui che deve dimostrare la colpevolezza di Claudia, non io a doverlo convincere della sua innocenza. Se poi ci riesce, piego la testa.»

«Se ci riesce, però, io verrò accusato di falsa testimonianza» dissi.

Carlo tirò fuori un sorriso di sfida:

«Non ci riuscirà. E sai perché? Io, in carcere, con lei ci ho parlato, l'ho guardata negli occhi. Ma fino in fondo. E questa volta, contravvenendo ai miei principi, mi sono convinto che Claudia Perez sia innocente.»

Era proprio un giovanotto con le palle, quel Carlo.

Due giorni dopo, naturalmente, Margiotta mi fece convocare al commissariato.

Non appena entrai nel suo ufficio mi resi conto che aveva messo da parte l'espressione gentile dei nostri primi incontri. Dietro a lui, un suo collega aspettava solo un cenno per iniziare a battere la mia testimonianza.

«L'ho fatta venire perché dobbiamo verbalizzare quello che lei mi ha raccontato tempo fa a Trinità dei Monti» disse con estrema freddezza.

Non faccio l'attore. Ma scrivo per gli attori. E risposi da attore consumato, fingendo candido stupore:

«Cosa le ho raccontato, commissario?»

Margiotta mi fulminò:

«Cos'è, ha improvvisamente perso la memoria?»

«No, affatto» continuai nella mia recita. «Ma non ricordo di averla mai incontrata a Trinità dei Monti. E quindi non mi pare di averle potuto raccontare quello che lei desidera verbalizzare.»

Margiotta si trattenne. Stava iniziando a perdere la pazienza:

«Non faccia il furbo con me. Non funziona. Adesso lei si siede e mi racconta quello che le ha rivelato la signorina Claudia Perez su quanto è successo il giorno in cui hanno ucciso Domenico Greco.»

«Io mi siedo» dissi avvicinandomi alla sua scrivania. «Ma mi sarà difficile raccontare quello che mi ha rivelato la signorina Perez. Per una ragione molto semplice, la signorina Perez non mi ha mai rivelato niente.»

Margiotta colpì il tavolo della scrivania con un pugno violento:

«Se non parla la sbatto dentro!»

Gli sorrisi beffardo:

«Be', forse ci sarà un giudice che non la pensa come lei che mi tirerà fuori.»

Perse le staffe:

«Io la rovino! Non la faccio più campare!»

Lo fissai e cambiando tono gli feci, secco:

«Se ci tiene tanto a verbalizzare qualcosa, allora scriva

che confermo l'alibi della signorina Claudia Perez. La signorina Perez, quando Domenico Greco è stato ucciso, stava a casa mia.»

Margiotta mi trafisse con uno sguardo terribile:

«Vada» mi intimò tornando a darmi del lei. «Ma ci rivedremo. Molto presto, temo per lei.»

Uscendo dal commissariato non provai alcun senso di paura. Le minacce di Margiotta non mi avevano scosso più di tanto.

Era la prima volta che *recitavo* un copione scritto da un altro, in questo caso il mio avvocato. Fu una sensazione piacevole. Dire cose *finte* per poi tornare a essere se stessi è una magia assoluta. Io, che avevo sempre disprezzato un po' gli attori, capii finalmente la vertigine che s'impossessa di loro quando sono in scena.

Tornando a casa, un altro vero colpo di scena.

Era tornata Pamela.

La trovai in cucina che preparava un pollo al curry.

«Te l'eri scelta bene la fidanzata» fu la prima cosa che mi disse. «In aereo ho letto che sta a Rebibbia con un'accusa di duplice omicidio.»

«Uscirà. È innocente» replicai. «Significa che mi hai perdonato?» le chiesi dopo un lungo silenzio.

Lei sorrise. «Mi pareva di ricordare che il pollo al curry piacesse a te. Se lo sto cucinando significherà pur qualcosa, no?»

Sentii un'ondata di benessere attraversarmi il cervello.

«Una cosa, però» aggiunsi. «In futuro, dovesse mai nascere qualche tensione tra noi, evita di rinfacciarmi tutto.»

«Tranquillo, la prossima volta ti mollo per sempre.»

Pamela era una donna straordinaria. Nei giorni successivi non mi chiese nulla sull'*affaire* Claudia.

Io provai solo una volta a entrare in argomento:

«Ho un commissario alle costole» le dissi. «Ho dovuto affidarmi a Carlo Longari.»

Lei chiese, continuando a potare i gerani sul terrazzo:

«Rischi il carcere anche tu?»

«Questo è un Paese in cui si rischia sempre su tutto» risposi.

«Però questo Paese continua a piacermi» disse. «Dopo due mesi in America mi sembra di essere tornata in paradiso.»

La nostra conversazione si chiuse lì.

Pamela non tornò più sull'argomento.

De Laurentiis aveva finalmente contattato il regista al quale affidare la mia sceneggiatura. Aveva scelto Mimmo Calopresti, un ottimo cineasta del quale avevo amato molto *La seconda volta*, con Valeria Bruni Tedeschi e Nanni Moretti, un film vero.

Lui e io ci conoscevamo poco. Ma rimasi incantato dal suo modo semplice, e allo stesso modo profondo, di immaginare il nostro futuro lavoro insieme.

Era un vero professionista.

Il solito giudice del riesame, che non la pensava come il commissario Margiotta, scarcerò Claudia. La mia testimonianza era stata decisiva. E grazie a quella (falsa) evidenza crollò anche la tesi di Margiotta sull'omicidio di Neiva. Se Claudia non era stata con lei al momento dell'omicidio di Domenico, secondo il commissario compiuto dalle due giovani donne, non esistevano ragioni di liti tali da indurre Claudia a sbarazzarsi dell'amica brasiliana.

Incontrai Claudia nello studio di Carlo Longari. Era provata dal suo angoscioso periodo di carcerazione. Non era più la ragazza sexy che infiammava i miei sogni erotici. Era una donna matura, scavata dal dolore.

Carlo, che oltre a essere un bravo avvocato era un uomo sensibile, ci lasciò da soli nella sala riunioni.

Quando chiuse la porta, restammo qualche istante in silenzio, a fissarci.

«È stato un incubo. Un bruttissimo incubo» sussurrò infine lei.

«Sono stato io a raccontare in maniera confidenziale a Margiotta che tu e Neiva eravate presenti in casa al momento della morte di Domenico» dissi a bassa voce.

«Allora sei stato tu a tradirmi!» esclamò con rabbia.

Sospirai:

«Poi, però, quando il commissario ti ha accusata dell'omicidio di Greco e di quello di Neiva, non me la sono sentita di abbandonarti. Margiotta mi ha chiesto di verbalizzare la mia confidenza e a quel punto ho negato tutto.»

Claudia ritrovò il sorriso, seppur smorzato dalla stanchezza:

«Allora un po' mi ami anche tu.»

Quelle sue brevi parole mi esplosero nella testa. Forse era proprio così. Forse l'avevo salvata, anche se in un recondito angolo della mia mente nutrivo il dubbio che fosse stata proprio lei a uccidere Domenico e Neiva, per oscure e inconsce ragioni sentimentali. Forse l'amavo, l'avevo sempre amata, senza mai la consapevolezza di riuscire ad ammetterlo.

Tagliai corto:

«Non mi sembra il momento di pensare ai sentimenti. Qui c'è in ballo la tua, la nostra, libertà.»

«Lo so» rispose abbassando gli occhi. «Ma sapere che mi vuoi bene mi dà forza.»

In quel momento mi fece pena. Sfibrata dalla disperazione, Claudia si era caparbiamente attaccata a quella sua fragile illusione d'amore. E capii che tra me e lei era finita per sempre. Perché quando tra due persone entra in gioco la compassione, la magia dell'attrazione svanisce.

ESTATE

4

Il caldo si era fatto largo con uno di quegli anticicloni africani che ti tagliano il fiato con la loro oppressiva umidità.

La notte, in via Pompeo Magno, pareva di stare nella foresta tropicale malese. Era l'inizio di quel soffocante periodo estivo, diventato abituale a Roma da una decina d'anni a questa parte, simile alla *summer moisture* caraibica, quando l'afa che cresce sulle coste meridionali del Mediterraneo emigra verso la nostra città, trasformando l'aria in vapore acqueo, umidità allo stato puro. Ne sono zuppi i palazzi, gli alberi, le automobili e la gente tutta. Si mette il naso fuori dai freschi rifugi condizionati con terrorizzata parsimonia, come se fosse in corso una guerra tra le cose concrete della terra e quelle invisibili dell'atmosfera. A Roma, il caldo è diventato una feroce dannazione.

Passavo le mie giornate, perlopiù, a casa di Calopresti, per finire la sceneggiatura del nostro film. Il lavoro con lui procedeva senza apparenti intoppi, e la cosa mi preoccupava un po', visto che nella stesura di un film se le storie scorrono con troppa facilità significa che non hanno abbastanza spessore. Il cinema, invece, soprattutto quello leggero, riesce a essere sorprendente quando contiene una dose corposa di complessità invisibili. Ma non me ne curavo più di tanto. Ero arrivato in cima a un crinale della mia carriera dal quale non aspiravo più all'idea di poter osservare il panorama della perfezione. Mi bastava il professionismo. Che significa talento artigianale. Merce comunque rara.

Trascorrere lunghe ore insieme a Mimmo mi aiutava a mitigare l'ansia con la quale continuavo a convivere.

I misteri legati agli omicidi di Domenico Greco e della sua fidanzata Neiva Olivares non erano stati ancora risolti. Oramai i giornali rilanciavano la notizia con disinteresse sempre crescente. Il mondo si stava dimenticando di quei due orrori urbani. Io no. Sapevo di essere seduto sul coperchio di una pentola che sarebbe potuta esplodere da un momento all'altro.

I miei contatti con Claudia si erano bruscamente interrotti. Io non la cercavo e lei non cercava me. Ma questo non mi dava sollievo. Era come il capitolo di un romanzo che non osavo incominciare a leggere.

Tra me e il commissario Margiotta si era stabilito un tacito patto di non belligeranza. Ma, in cuor mio, sapevo che prima o poi quel vecchio mastino della questura sarebbe riapparso, deciso a farmi pagare il conto delle mie bugie.

Quanto alle mie frequentazioni eccellenti nel mondo della nobiltà romana, ci avevo dato un taglio. Lavinia non mi aveva più invitato a cena. Nemmeno Domietta, la cugina di suo marito, si era più interessata a me. L'unico a farsi vivo era stato il marchese Cafiero d'Aragona, che mi aveva telefonato per farmi gli auguri il giorno del mio onomastico. Da qualche tempo preferivo trascorrere le serate in compagnia di Pamela, che con il passare dei giorni si confermava essere l'unica scelta giusta della mia vita. Andavamo al cinema, frequentavamo qualche mio vecchio amico cineasta o giornalista, ma la maggior parte del tempo la trascorrevamo in casa a leggere e conversare. Tra di noi ci eravamo rimessi a parlare in inglese, come all'inizio della nostra convivenza. Segno che la nostra pluridecennale partita l'aveva vinta lei.

Di tutte le presenze, in larga parte sparite, che avevano animato i miei mesi precedenti, l'unico che continuava ad *abitarmi* dentro era Roberto Bassani. Non riuscivo a togliermelo dalla mente. Quando passavo in piazza di Spagna mi ritrovavo a fissare il suo appartamento. Ogni volta che, sui giornali, l'occhio mi cadeva sulle notizie di economia, il suo viso ambrato e il suo sguardo sfuggente e sprezzante tornavano a galla, facendomi provare un senso di malessere esistenziale. Era come se, inconsciamente, percepissi che era lui la chiave di quei misteri che mi stavano avvelenando la vita.

E non sbagliavo. Perché tutto si rimise in moto con una telefonata del mio collega della nera Maselli:

«Federi', dobbiamo vederci subito. Ho scoperto cose grosse su Roberto Bassani.»

C'incontrammo, mezz'ora dopo, a piazza San Silvestro. Quel luogo, senza più il capolinea degli autobus, quelli della mia giovinezza, mi pareva estraneo.

Vidi Maselli che caracollava verso di me a passo svelto da via del Tritone.

Quando mi raggiunse disse, con voce concitata:

«Sai la tua amica Lavinia, la principessa Orsato della Torre? Scusa se sono brutale, ma è una grandissima troia!»

Lo fissai perplesso.

«Andiamo per ordine» continuò sempre più eccitato. «In questi ultimi mesi non ho mai mollato l'osso. Ho contattato decine di persone che potevano in qualche modo aver avuto dei rapporti con Domenico Greco e Neiva Olivares. Alla fine ho beccato la persona giusta. Una certa Maria Esperanza Napo. Una cameriera ecuadoriana. È stata per cinque anni a servizio da Roberto Bassani. L'ho incontrata ieri sera in un bar della Tiburtina.»

«Come hai fatto a rintracciarla?» chiesi stupefatto.

«Ho finto di abitare vicino e di essere in cerca di una cameriera. Il portiere cingalese del palazzo di Bassani l'ha bevuta e mi ha dato il suo cellulare. È una ragazza perbene. Quello che è interessante è la ragione per la quale se ne è andata da casa Bassani. E adesso tieniti forte.»

Il suo viso era illuminato da un'espressione beffarda.

«Quando Maria è entrata a lavorare in casa di Bassani, lui aveva una relazione con la principessa Lavinia Orsato della Torre. Si vedevano di tanto in tanto, ma sempre in casa, in maniera molto riservata. Non uscivano mai insieme. Mai un viaggio. Mai un weekend. A un certo punto, però, i loro incontri sono cessati. Al posto della principessa ha fatto il suo ingresso in casa Domenico Greco. All'inizio Maria ha pensato che fosse solo un amico. Ma dopo qualche tempo ha avuto la certezza che tra i due c'era qualcosa di più. Una volta li ha sentiti litigare violentemente. Domenico voleva dei soldi e ha minacciato di lasciarlo se non glieli avesse dati. Queste scenate e questi ricatti sono diventati sempre più frequenti. Una notte, dopo l'ennesima lite, Bassani è stato costretto ad andare al pronto soccorso per una sospetta crisi cardiaca. Maria era molto inquieta. In casa l'atmosfera era diventata quasi invivibile. Poi, un giovedì di qualche mese fa, il giorno della sua libera uscita, Maria è rientrata inaspettatamente nell'attico perché aveva dimenticato il portafoglio. Ha udito dei rumori nel salone e si è affacciata alla porta. È rimasta pietrificata vedendo Domenico e Lavinia, nudi, che facevano l'amore sul divano. Davanti a loro, seduto in poltrona, vestito, Bassani li guardava. Maria è scappata via e il giorno dopo si è licenziata.» Fece una pausa ed esclamò: «Mica male questa storia dei quartieri alti, no?».

Rimasi ammutolito. Non che fossi un'educanda, ma quel triangolo perverso non lo avevo proprio messo in conto.

«Sai cosa mi ricorda?» riprese Maselli. «Quella vecchia storia della marchesa Casati e del suo giovane amante. Con il marito che faceva il guardone. Poi, una sera, lui uccise sia la moglie che il ragazzo.»

Lo ricordavo benissimo il delitto Casati. Vent'anni prima avevo scritto una sceneggiatura proprio sul quel famoso episodio della cronaca nera romana.

«Lì, però, dopo aver ucciso i due amanti, il marchese si è sparato» proseguì Maselli. «Qui invece potrebbe essere andata diversamente. Qualche giorno dopo, preso da un raptus di gelosia, potrebbe avere ucciso Domenico.» Fece una breve pausa e aggiunse: «Oppure Lavinia ha ucciso Domenico perché, prestandosi a quel gioco morboso, si era innamorata di lui e non sopportava l'idea che andasse a letto anche con Bassani. In tutti e due i casi, però, abbiamo fatto un grandissimo passo avanti».

«Ma perché è stata uccisa anche Neiva Olivares?» chiesi, sperduto tra tutte quelle incredibili novità.

«Forse sempre per gelosia» fece Maselli. «Sia Bassani che Lavinia, tutti e due innamorati di Domenico, vedevano Neiva come un ingombrante terzo incomodo.»

«Ma Neiva è stata uccisa quando Domenico era già morto» gli feci.

«Vero. Forse Neiva aveva scoperto che uno dei due aveva ucciso Domenico» mi incalzò Maselli.

Tutto quello che diceva era maledettamente plausibile. Ma le sue non erano le uniche ricostruzioni possibili di quei due delitti. Gli dissi:

«Ti avevo raccontato che Domenico andava a letto anche con Domietta Ortari, la cugina acquisita di Lavinia. Domietta l'ha sempre odiata: forse ha scoperto la tresca e l'ha ucciso perché non sopportava l'idea che lui andasse a letto con l'odiata rivale.»

Maselli scoppiò a ridere:

«Scusami, ma questa è roba bollente. Se penso che tu volevi mollare... Noi qui ci assicuriamo la vecchiaia.»

In un certo senso aveva ragione. Se quel materiale *bollente* fosse finito in prima pagina sul nostro giornale sarebbe diventato lo scoop del decennio. Altro che olgettine. Maselli, che era un cronista di lungo corso, ragionava da autentico giornalista. Io, invece, lo ero in maniera diversa. Ero uno che scriveva per i giornali. Non ero uno che nei giornali voleva fare carriera. La mia carriera era la finzione dei film.

«Quello che hai scoperto lo vado a raccontare al commissario Margiotta» dissi a bruciapelo.

Maselli mi fulminò:

«Tu sei pazzo! Vuoi regalare la mia inchiesta a uno sbirro?»

«In cambio gli chiederò di concederti un'intervista in esclusiva prima della conferenza stampa ufficiale.»

«Sei un pezzo di merda!» sibilò Maselli. «Io adesso torno al giornale e mi metto a scrivere. Tra un'ora la notizia sarà on line.»

Gli lanciai uno sguardo ferito:

«I tuoi sono solo sospetti. Se sbatterai la notizia on line rovinerai la vita di alcune persone che forse sono innocenti. È questo lo schifo di vecchiaia che ti vuoi assicurare?»

«Se non lo faccio io, lo farà Margiotta non appena parlerai con lui. Che differenza c'è?»

«Non è proprio la stessa cosa. La polizia è abituata allo schifo. Noi no. Noi dobbiamo poter dormire tranquilli, la notte.»

Maselli rimase un attimo a riflettere:

«Ti senti migliore di me perché scrivi per il *cinema*. Sbagli. Tu scrivi principalmente per denaro. Io no. Guadagno duemilanovecento euro al mese per raccontare notizie. E questa, cazzo se lo è!»

Girò i tacchi e si rimise in moto verso via del Tritone.

Dopo Lavinia, Domietta, Bassani e Claudia, ecco un altro con il quale avevo chiuso.

Controllai le notizie on line per tutta la sera.

Maselli non aveva ancora scritto una riga. Probabilmente, "nel buio della sua cameretta", aveva avuto un ritorno di coscienza. O forse, dopo la nostra discussione, la forza della nostra antica amicizia aveva preso il sopravvento sulle sue smanie di carriera.

Adesso, come accade nei tribunali quando viene rovesciato l'onere della prova, ero io a dover giocare quella partita. Sarei andato da Margiotta a raccontargli quanto emerso dall'indagine di Maselli? O avrei preso tempo cercando di mettere ordine in quell'intricato coacervo di vizi e sospetti?

Nella vita esistono momenti in cui le decisioni che prendiamo assumono un valore decisivo. Perché si tratta di decisioni che hanno a che vedere non solo con le nostre intuizioni, ma sconfinano nel terreno della morale. L'etica è quasi sempre in contrasto con i nostri istinti. Ed è questo che rende il cammino umano così doloroso. Dentro di noi è celato un deposito primario di coscienza governata dal primato della voglia di giustizia. Senza dover far ricorso a giudici e processi noi sappiamo perfettamente che vivere calpestando la verità è il supremo delitto del nostro percorso sulla terra. Fare finta di niente, chiudere gli occhi di fronte ai dubbi, a lungo andare finisce per svuotarci moralmente. Siamo una macchina complessa, costruita per fare emergere il senso del mistero dell'esistenza. E questo senso si riassume con poche parole: tendere alla ricerca della verità.

Nel mio caso la verità era legata a un doppio delitto irrisolto. Ma per me non si trattava solo di scoprire chi aveva ucciso Domenico Greco e Neiva Olivares. Si trattava anche di mettere a nudo le ragioni che mi avevano catapultato, senza volerlo, ai margini di questa inchiesta. La morte violenta di due giovani sconosciuti aveva sgretolato la mia apparente solidità. Come potevo aver scelto una via di fuga emozionale con Claudia se ero innamorato di mia moglie? Perché facevo il giornalista se non accettavo l'idea che fare il giornalista significa pubblicare notizie? Costi quel che costi. Perché avevo mentito a un pubblico ufficiale confermando il falso alibi di una indagata? Ma soprattutto come ero finito, nelle mie frequentazioni sociali, a vivere una vita parallela nel mondo dell'aristocrazia, invece di coltivare il mio mondo, quello del cinema, la casa che aveva sempre fatto da sfondo alla forza esistenziale della mia famiglia?

Tante, troppe domande per riuscire a dormire tranquillo.

Non andai a raccontare tutto a Margiotta. Presi vigliaccamente tempo. Volevo prima percorrere altre strade.

Conoscevo bene Lavinia, sapevo dove avrei potuto incontrarla. Così la mattina dopo mi recai nei dintorni di Monte Antenne, dove spesso la principessa andava a correre. La trovai sul vialetto che scende giù verso le mura perimetrali di via Salaria. Non fu così sorpresa di vedermi.

«Hai deciso di buttarti a fare sport anche tu?» mi chiese, rallentando la sua corsa.

La bloccai con un gesto brusco.

Era incantevole: pantaloncini aderenti e t-shirt che metteva in risalto il suo seno prorompente.

«Visto che non m'inviti più, sono venuto a cercarti» le feci, con una punta di agitazione nella voce.

«Non mi diverte più avere gente a cena» rispose. «Qui a Roma sono diventati tutti troppo cattivi. Passano il tempo solo a parlare male degli altri.»

«È per questo che sono qui» ripresi. «Ho saputo delle cose molto brutte su di te.»

«E ci hai creduto?»

«Volevo prima ascoltare la tua versione.»

Ci fissammo in silenzio. Intuii che anche la mia amica principessa aveva i nervi a fior di pelle.

«È vero che facevi l'amore con Domenico Greco in casa di Roberto Bassani? Voi scopavate e lui guardava.»

Lavinia sbiancò:

«Chi te l'ha raccontato?»

«Non importa chi è stato. Dimmi se è vero o no.»

Lavinia ci mise un po' a riordinare le sue idee.

«Prima o poi, più o meno tutti finiamo per fare qualche stupidaggine» rispose.

Aveva ammesso.

La incalzai.

«Scopare con un ragazzotto sotto lo sguardo del suo amante, più che una stupidaggine mi sembra un'immensa schifezza.»

Non rispose. Ma mi fissava con uno sguardo di sfida.

«Comunque non sono venuto qui a farti la morale» continuai. «Da quando l'ho saputo ho un dubbio che mi rode il cervello. Quando Domenico è stato ucciso, una testimone ha visto una donna bionda, alta, scappare giù dalle scale del suo appartamento. Eri tu?»

«Troia e anche assassina?» sbottò lei. «Meno male che ti ho sempre considerato il mio migliore amico.»

«E infatti lo sono. Sono venuto ad avvisarti. Io posso anche non credere a questa orribile possibilità. Ma i poliziotti non ragionano come "il tuo migliore amico". Se scoprissero che tra te, Domenico e Bassani c'era un triangolo di sesso, potrebbero finire per pensare che tu hai ucciso Domenico per gelosia, perché non tolleravi che andasse a letto con Bassani. Rispondimi: lo amavi?»

Lavinia scosse il capo con un gesto di assoluta superiorità:

«Ti pare che io avrei potuto innamorarmi di quel buzzurro di Domenico?»

«Non saresti la prima principessa che si tromba un guardiacaccia» risposi gelido.

«Già. E tu non sei il primo scrittore che si tromba un'insegnante di pilates» replicò perfida. «Invece di sospettare di me, perché non fai una radiografia alla tua Claudia, che ti tradiva con la fidanzata di Domenico? Se ti applichi, arriverai alla conclusione che forse la chiave dei due delitti è proprio lei.»

«Claudia è innocente» dissi deciso.

«Lo sono anch'io» ribatté lei. «Sai perché *scopavo* con Domenico? Perché me lo aveva chiesto Roberto. E io non potevo dirgli di no.»

Scossi la testa, sorpreso:

«Bassani aveva il potere di obbligarti a fare una cosa del genere?»

«Ti racconto una storia che sicuramente non conosci» continuò Lavinia. «Roberto aveva scoperto che Domenico si era preso una cotta per una donna.»

«Lo so. Tua cugina Domietta» le feci. «Altro episodio molto edificante.»

Stavolta a sorprendersi fu lei.

«Lo sapevi?»

«Come dice il tuo amico Cafiero d'Aragona, in questa città tutti sanno tutto.»

Lavinia mi guardò con aria quasi spaventata.

«Siccome aveva paura di perdere Domenico, Roberto mi ha chiesto di fargli dimenticare Domietta.»

«E tu perché hai accettato?»

«Perché glielo dovevo. Se abito ancora dove abito, se posso permettermi la servitù, se continuo a indossare i miei abiti e i miei gioielli, lo devo a lui. Negli ultimi anni, a mia insaputa, quel coglione di mio marito si è imbarcato in operazioni immobiliari senza senso. Per colpa sua stavamo per finire in rovina. Ci ha salvati Roberto, che si è accollato le fidejussioni bancarie e grazie alle sue conoscenze ha messo a tacere lo scandalo. Noi adesso viviamo sotto sua tutela. Tutto quello che possediamo, di fatto, è suo. Ma lui, che è un gran signore, non se ne è mai approfittato. Mi ha promesso che quando avrà rimesso in sesto il patrimonio ce lo restituirà. Senza nemmeno un euro di interesse.»

«Ho capito» le feci. «Sei tu che sei andata a letto con Domenico per interesse.»

Mi mollò un violento ceffone.

Le lanciai un'occhiata risentita:

«Immagino che andavi a letto con Bassani sempre per lo stesso motivo» la sfidai.

Aspettai un secondo manrovescio, ma non arrivò.

«Perché vuoi farmi del male?» bisbigliò.
Già. Forse era quello che volevo.
Mi fermai lì. Improvvisamente mi resi conto di essermi inoltrato nel sentiero miserabile di una scena da *feuilleton*. Mosso da un incomprensibile moto di orgoglio, da una rabbia incontrollabile, ero diventato feroce, mi uscivano dalla bocca parole di rozza malvagità. Dove erano finiti il mio senso dell'umorismo, il mio scetticismo bonario, il mio anticonformismo? Per un attimo, sdoppiandomi, vidi che da un lato c'ero io e dall'altro un mio sosia, una persona gretta, un personaggio mosso da sentimenti immaginati da una scrittura mediocre, di routine, un pupazzo senza sfumature e senza coscienza critica.
Abbassai gli occhi e le dissi con voce flebile:
«Scusami Lavinia. Hai ragione tu. Nella vita, prima o poi, tutti facciamo qualche stupidaggine.»
Senza voltarmi, mi allontanai verso via Salaria.

Ricevetti la telefonata di Germana mentre rientravo a piedi verso il centro.
«Federico, è arrivata qui in redazione una lettera per te. Credo sia importante. Te l'ha inviata quella ragazza che era stata arrestata per i delitti di Greco e della Olivares.»

Qualche minuto dopo ero già nello stanzone della cronaca del "Messaggero".
Germana mi consegnò la lettera. Sulla busta c'era scritto "Da Claudia Perez", in una grafia tremolante.
Mi appartai in un box vuoto e la aprii.
Poche parole, scritte a mano:
"Ti devo vedere subito. Vieni fuori dalla palestra."

La vidi uscire con la sacca in mano e una tuta leggera che metteva in risalto il suo corpo tonico e provocante.
Non mi diede il solito bacio, né mi strinse la mano.

Ci spostammo al bar Bambù, a un centinaio di metri da lì. Era l'ora dell'happy hour e una nutrita schiera di giovani sfaccendati pariolini si agitava nel disperato tentativo di essere happy.

Claudia tirò fuori dal borsone il cellulare e digitò qualcosa. Poi mi mostrò una foto che la ritraeva insieme a Neiva Olivares.

«Questo è l'ultimo selfie che Neiva mi ha inviato. Il giorno prima di volare giù da quel maledetto balcone.»

«E mi hai cercato per farmi vedere un selfie?» esclamai stizzito.

«Non noti niente di strano?» proseguì senza dare peso alla mia insofferenza.

«Cosa dovrei notare?»

«Guarda l'anulare sinistro» mi fece, e allargò la foto fino a portare in primo piano la mano della brasiliana. «Ha un anello.»

Effettivamente al suo dito si vedeva uno strano anello. Molto poco femminile.

Claudia abbassò il cellulare e mi fissò con aria concentrata.

«Io quell'anello non glielo avevo mai visto. Non era suo. Conoscevo tutti i suoi gioielli. A lei, poi, piacevano solo le pietre colorate. Non può essere suo.»

«Dove vuoi arrivare?» le chiesi, incuriosito.

«Penso che qualcuno glielo abbia dato proprio in quei giorni.»

Scossi la testa.

«E questa sarebbe la grande novità?» le chiesi. «Se volevi rivedermi potevi inventarti una scusa migliore.»

Mi alzai dal tavolino e feci per andarmene.

Claudia mi trattenne.

«Lo so, lo scrittore sei tu. Io non ho il tuo talento e la tua inventiva. Ma una storia me la sono immaginata lo stesso. Non so perché ma ho la netta sensazione che per capire chi ha ucciso Neiva, e forse anche Domenico, bisogna scoprire chi le ha dato quell'anello. Dài, lo hai visto anche tu nella foto. È un anello da uomo. Se troviamo chi gliel'ha regalato arriviamo dritti alla verità.»

«La verità non si scopre basandosi sulle sensazioni. Nemmeno quando sono *nette*» risposi.

Scansai gentilmente la sua mano, che mi tratteneva, e mi allontanai a grandi passi dal bar.

Rivederla mi aveva turbato.

Claudia era comunque riuscita a stuzzicarmi. Per esperienza sapevo che l'istinto femminile riesce ad annusare dettagli che a noi uomini sfuggono. Io non mi sarei mai soffermato su quell'anello. Che a lei, invece, pareva denso di significati nascosti. Ma perché?

Provai a seguire il suo ragionamento. Una cosa era certa: visto che tra lei e Neiva esisteva un rapporto intimo, sicuramente quel curioso anello era saltato fuori da poco tempo. Altra cosa certa era che l'anello aveva un aspetto poco femminile; quindi, prima che Neiva lo portasse all'anulare, era appartenuto a un uomo. Stabilito questo, però, quale passo avanti avrei potuto fare nella mia indagine? In una città di quattro milioni di persone chissà quanti uomini sono disposti a regalare un loro anello a una bella ragazza. Vai a trovare chi è stato. E comunque, anche riuscendo a dare un'identità a questa fantomatica persona, regalare un gioiello non può in alcun modo alimentare sospetti di omicidio. Un conto è volersi portare a letto una bella figliola come Neiva, un altro è ucciderla.

Tutto questo lo rimuginai nel salotto di casa, mentre aspettavo Pamela, che era andata di nuovo al cinema con il suo gruppo di amiche straniere.

Ricevetti un invito del marchese Cafiero d'Aragona. Aveva scritto un libro, *Memorie di un uomo superficiale*, e lo presentava al Circolo della Caccia. Sull'invito, con una calligrafia disordinata quanto lo era lui, mi aveva scritto: "Non sono Oscar Wilde, ma venga, ci tengo molto alla sua presenza".

Andai, anche se sapevo che al Circolo avrei rivisto quasi certamente anche Lavinia, Domietta e forse addirittura Roberto Bassani.

Erano lì, infatti. Mischiati a una nutrita folla di vecchi nobili e attempate aristocratiche impennacchiate. Li evitai e andai a sedermi in fondo al luccicante stanzone, accanto a una collega del "Messaggero" che era venuta a fare la cronaca del piccolo evento.

Cafiero D'Aragona era seduto su una tribunetta accanto al presidente del Circolo, il quale fece una breve introduzione, rammentando una schiera di antenati del marchese che erano stati illustri soci di quel loro prestigioso sodalizio.

Poi Cafiero d'Aragona prese la parola. Per l'occasione aveva tirato fuori un vecchio doppiopetto a righe di uno chic spaventoso.

Esordì raccontando che un suo amico, lo spiritoso principe di Santa Severa, gli aveva fatto notare che, riguardando delle foto scattate allo stadio nel secondo dopoguerra, saltava subito agli occhi una cosa: il pubblico, anche quello dei settori popolari, era tutto in giacca e cravatta.

«A me, lo ammetto senza ipocrisia modernista» disse Cafiero d'Aragona, «questa cosa piace assai. Chi mi conosce sa che sono un anticonformista, porto i capelli lunghi, *so' 'nu marchese 'nu poco rock*. Eppure, rimpiango quel mondo elegante che ho conosciuto da ragazzo e che ha fatto da sfondo alla mia vita quotidiana.» Fece una pausa e aggiunse: «Questo ho raccontato nel mio libro. Il rimpianto per un mondo elegante».

Dalla platea scattò un applauso convinto.

Il suo fu un monologo molto piacevole. Narrò che da giovane, a Napoli, teneva sul comodino una foto incorniciata di Gary Cooper, in *dinner jacket*, nel film *Beau Geste*. Poi aggiunse: «Da ragazzo ho incontrato Gary Cooper per strada, mentre usciva dal negozio di Franceschini in via del Corso. Credo di non aver mai visto un uomo *accussì* elegante in vita mia: gessato grigio, camicia bianca, cravatta perfetta, scarpe non plus ultra della classicità. Vederlo avanzare su via Condotti ti faceva bene all'anima. Così come faceva bene all'anima vedere intorno a lui delle signore vestite Capucci, o Valentino. Delle foto di "Vogue", ma animate. Oggi, sulla stessa strada, le signore sembrano vestite dal costumista di *'nu reality*».

Oramai gli applausi si sprecavano.

Il marchese era un fiume in piena:

«Eh sì, *so' stati glamour* gli anni della mia gioventù. Conservo un libro di fotografie sul periodo d'oro della Costa Azzurra, *Riviera Cocktail*, dove negli scatti in bianco e nero trionfa l'eleganza allo stato puro. Quella di Audrey Hepburn, in tubino Givenchy, o quella di Grace Kelly, occhiali e foulard, a braccetto con Cary Grant, che in quel ritratto pare il duca di Windsor. In un'altra foto c'è sempre la divina Grace, con Jacques Sernas, in smoking, così belli da sembrare finti. Ma nel libro fa impressione l'eleganza degli scrittori e dei pittori – di Somerset Maugham, Jean Cocteau e di Picasso, in golf *degagé* – e anche quella dei registi italiani, Luchino Visconti, Vittorio De Sica, di uno chic un po' napoletano da urlo. Oggi, riguardando le foto di quell'epoca, scatta *a' malincunia*. Ti viene subito da fare *'nu* paragone tra il look odierno degli eroi di "X-Factor" e quello degli eroi musicali di una volta, i Frank Sinatra e i Bing Crosby di *Alta società*. Oppure il sabato sera guardi "Ballando con le stelle" in tv e ripensi a *Cappello a cilindro*, con Fred Astaire, in frac, che volteggia insieme a Ginger Rogers. Ma che *v'o dicesse a fa'*? Oggi, quando sfoglio una rivista di moda, leggo che sono eleganti quei giovanotti che vestono di nero, come dei becchini: pantaloni a tubo, punto vita sotto l'ombelico, giacche con le spalle striminzite a tre bottoni, scarpe easy da fitness. Per non parlare delle donne, le grandi star che sembrano uscite da un supermercato. Qualcuno dirà che sono un nostalgico superato. Ebbene sì, lo sono. Viva il mondo di David Niven e dei *twin set* di Deborah Kerr.»

La sua strampalata presentazione letteraria fu un trionfo. Il marchese Cafiero d'Aragona fu circondato dai suoi simili, che lo abbracciavano commossi. La prima a gettarsi tra le sue braccia fu Lavinia. Sua cugina Domietta, invece, per non incrociare l'odiata parente, fu praticamente l'ultima. L'unico a tenersi in disparte fu Roberto Bassani. Di sicuro aveva apprezzato l'elogio dello snobismo di Cafiero d'Aragona, uno snobismo al quale lui era devoto, ma non aveva ritenuto opportuno esternare il suo piacere a quel marchese che lo detestava e che probabilmente anche lui sopportava a fatica.

Io andai a complimentarmi con Cafiero d'Aragona quando la folla dei suoi aristocratici ammiratori si fu diradata.

«Grazie per essere venuto, Federico» mi disse con un sorriso aggraziato. «Ho dovuto fare il clown per vendere qualche copia. Almeno faccio rientrare un po' l'editore delle sue spese.»

Poi, da un tavolinetto dove erano in bella mostra i libri, ne prese uno. Scrisse a penna una dedica e me lo porse:

«A lei lo regalo. Tra scrittori si usa così, immagino. Lo legga e mi faccia sapere cosa ne pensa. In queste pagine non ho parlato solo di eleganza. C'è qualcosa di più.»

«Ne sono sicuro. Lei è un uomo molto intelligente» gli feci.

Dal fondo del salone qualcuno gli fece un cenno di richiamo. Lui annuì.

«Adesso la devo lasciare» si scusò. «Stasera qui sono il protagonista e devo almeno fare finta di recitare il ruolo.»

Appena se ne andò, andai subito a leggere la dedica: "I libri servono a svuotarsi la coscienza".

Mentre riflettevo sul senso enigmatico di quella sua annotazione, sentii un colpetto alla spalla. Era Roberto Bassani.

«Salve Federico» mi disse con aria tranquilla. «Le va di fare una passeggiata insieme a me?»

Da largo Fontanella di Borghese ci dirigemmo verso la zona del Pantheon.

Non so perché avevo accettato di fare quella camminata fianco a fianco con Bassani, un uomo spregevole che riusciva ogni volta a mettermi a disagio.

Stavolta parlò solo lui. A lungo. Molto a lungo.

«Ho conosciuto la principessa Lavinia Orsato della Torre moltissimi anni fa, a Sutri, in occasione di un ballo che sua cugina Domietta aveva organizzato in onore di Margaret d'Inghilterra. Allora, Lavinia era una ragazza e lo splendore della sua adolescenza, appena sfiorita, si mescolava a quell'atteggiamento adulto, terribilmente eccitante, della donna che ha preso piena coscienza di se stessa. Tutto ciò l'ho messo a fuoco mentre sua cugina Domietta la presentava alla principessa Margaret. Sono rimasto stupito dall'inchino che Lavinia ha esibito di fronte all'Altezza Reale. Di tutte le nobildonne che si erano avvicinate a lei, Lavinia era stata l'unica a compiere quel gesto con una perfezione assoluta. Si piegò, ma non troppo, tendendo la mano all'altezza giusta e pronunciando una frase in inglese, del tutto fuori etichetta, ma che risultò incantevole: "Mi chiedevo a cosa potesse assomigliare una persona di famiglia reale... Il suo sorriso mi ha dato la risposta". Fu straordinaria. Nella mia vita non avevo mai incontrato una giovane donna così sicura di sé, né così bella. Non avevo mai provato nulla per una donna, prima di lei. Sbirciai, senza volerlo, il gonfiore marmoreo del suo seno impeccabile e avvertii come un improvviso dolore allo stomaco. Ma un dolore gradevole. Quella sera io e lei ballammo. Tenendola stretta al mio corpo, provai una sensazione di sgomento quasi irreale. Era qualcosa di nuovo, di dolcissimo e allo stesso tempo di terribile, una sorta di magia del destino che, per la prima volta, mi faceva odorare il profumo di una donna non per giudicare la scelta di un'essenza, ma per inebriarmi di brividi caldi. Non era amore. Ma quell'anticamera dell'amore inteso in maniera tutta carnale, violento e travolgente, che promette a chi lo prova la sensualità di un possesso e l'angoscia di poterlo vedere svanire.»

Fece una pausa, come per ritrovare in maniera esatta il filo dei suoi ricordi.

«Probabilmente anche Lavinia provò qualcosa di forte mentre ballava con me. Ma si trattava di una sensazione diversa dalla mia. Io adesso la conosco. La sua indole complessa non lascia mai penetrare nelle zone erogene del suo cervello una pulsazione di carattere sessuale. Non che Lavinia sia frigida. Ma è fredda al richiamo dei desideri puramente carnali. In lei il sesso è qualcosa di totalmente cerebrale. Si eccita quando nel rapporto riesce a intravedere uno scopo. E il suo scopo, quella sera, ero io.»

Probabilmente Lavinia aveva visto in Bassani non solo la bellezza e la ricchezza, ma qualcosa di più. Aveva intuito che dietro alle sue rarefatte parole si celava un uomo importante, importante per lei, forte e allo stesso tempo sensibile, uno di quegli uomini che non si lasciano spazzare via dalla vanità delle mode perché possiedono, profondamente radicato in loro, lo spessore dell'intelligenza.

«Ci rivedemmo circa una settimana dopo, nel mio appartamento» proseguì Bassani. «Passammo l'intero pomeriggio a fare l'amore. La sera, quella manciata di ore trascorse insieme a Lavinia mi fecero riflettere a lungo. Aveva provato il piacere desiderato, raggiungendo l'orgasmo tre volte. Eppure, in me, era calato un velo di malinconia. Non che quella breve avventura avesse scalfito, o messo in crisi, l'attrazione che di solito provavo per gli uomini. Si trattava d'altro. Era come se quell'incontro con Lavinia mi avesse rivelato degli squarci nascosti della mia personalità più intima. Ero andato a letto con la principessa Lavinia Orsato della Torre non per vera attrazione fisica, ma per snobismo. Non ero un ragazzino, ma solo in quel momento, per la prima volta nella mia vita, mi resi conto che i sentimenti che guidano le azioni della nostra esistenza sono sempre ingannevoli e bugiardi, e che dietro ai nostri comportamenti, anche quando sembrano motivati dai segni della nostra moralità, o dal nostro acume, c'è sempre un disegno diverso, voluto e programmato da quello che è il marchio della nostra identità nascosta.»

Era un uomo speciale, Bassani. Ripugnante e allo stesso tempo intelligente. Mi stava dicendo, con la profondità di uno scrittore, che come un attore il quale, dopo la rappresentazione teatrale, togliendosi gli abiti del suo personaggio, si accorge di non essere lui ma di aver preso a prestito i suoi sentimenti solo per pochi fuggevoli istanti, e torna a casa svuotato, quasi senza identità, non riuscendo più a dare un senso alla propria personalità lacerata, lui aveva percepito di essere stato manipolato irreversibilmente da un marchio genetico. In Lavinia, quel marchio era rappresentato da uno spregiudicato opportunismo esistenziale, nascosto sotto la coltre di eventi mondani che organizzava continuamente. In lui, invece, aveva agito un profondo snobismo, che era riuscito a illuderlo di vivere emozioni autentiche quando, in realtà, si trattava unicamente di sue meschine frustrazioni sociali.

Alla fine, dopo una lunga pausa densa di amarezza, Bassani concluse:

«Io e lei non ci stiamo molto simpatici, ma se le dico queste cose è perché ho visto troppa gente compiere il suo stesso errore, e, come le ho già detto, potrò essere arrogante, ma non sono crudele. Le do un suggerimento: lasci perdere le sue frequentazioni mondane, la nobiltà. Io, per colpa delle mie debolezze, sono stato risucchiato nel loro complesso risiko. E adesso ne pago le estreme conseguenze. Lei invece fa ancora in tempo a mettersi al riparo.»

Non aggiunse altro. Senza salutarmi allungò il passo e sparì in un vicolo accanto a piazza della Minerva.

Bassani aveva perfettamente ragione. Le mie sempre più frequenti intrusioni nel mondo dei palazzi romani erano guidate da uno snobismo strisciante, simile al suo, che si stava impossessando di me. Continuando a camminare nelle stradine del centro storico cercai di capire le ragioni di quella mia debolezza. Io che avevo avuto fortuna nel cinema raccontando il lessico e i vizi delle classi popolari, e soprattutto della borghesia, avevo come rinnegato il mio marchio di fabbrica. Preferivo cenare a palazzo Orsato della Torre piuttosto che con i miei vecchi amici giornalisti, con gli intellettuali spiantati, con i guitti dello spettacolo, con i miei vecchi compagni di scuola. Avevo sempre preferito il popolo alle principesse, eppure andavo a fare i weekend nelle loro dimore di campagna. Nel mio cervello si era insinuata una sorta di vertigine letteraria. Guardavo l'alta società come se fosse lo specchio della società *tout court*. Ed era quello che aveva voluto dirmi Bassani. Perché quando la vita diventa romanzo, come accade nella *Recherche*, fantasia e realtà finiscono per confondersi. Nel capolavoro di Proust il protagonista, attirato dalle sirene di un gran mondo del quale subisce il fascino antico, è costretto a percorrere un faticoso e doloroso cammino prima di riportare il vero al suo posto. Ci riesce solo dopo aver toccato con mano le miserie di quel mondo che a lui sembrava superiore e che invece è banale, quasi spregevole, inutile, insensato, esattamente come tutti gli altri mondi che ci circondano e ai quali noi vorremmo sfuggire.

Mi stavo smarrendo. Ero un piccolo scrittore di cinema in totale balìa, come lo era stato per ragioni diverse Roberto Bassani, delle mie frustrazioni sociali. Inconsciamente, in una Roma che stava perdendo la sua magia secolare, mi ero illuso che il *vecchio nobile* fosse più vitale del *nuovo cafone*. Non capendo che anche quel mondo vecchio si era corroso alla rincorsa del nuovo. Accettai quella verità come una cocente sconfitta.

Ma nel mio caso non si trattava di un romanzo del primo Novecento. Era un'assoluta realtà che mi stava avvolgendo con i suoi tentacoli. Ero al centro di un mistero che mi ossessionava. Continuamente. E che mi stava conducendo in un buco nero.

L'unico modo per liberarmene era risolverlo.

Per andare avanti nelle indagini avevo di nuovo bisogno di Maselli. Certo, dopo il nostro violento screzio avrei dovuto mettere da parte l'orgoglio. E lui il suo. Ma quando si arriva a una certa età le questioni di orgoglio si possono tranquillamente superare. La superbia e la fierezza fanno parte del bagaglio strutturale della giovinezza, quando le convinzioni hanno un peso specifico che coinvolge il giudizio che diamo su noi stessi. Più passano gli anni, però, più la propensione a dimenticare, o a chiedere scusa, si fa largo nelle pieghe della nostra personalità. Perché la nostra autostima, invecchiando, si crepa.

Lo trovai seduto alla sua scrivania, in fondo al grande salone della cronaca.

Mentre mi avvicinavo mi lanciò uno sguardo freddo e si rimise subito a fissare il monitor del computer.

«Non sono venuto a prenderti a pugni sul naso» gli feci.

«Se ci provassi non usciresti intero da questa stanza» rispose, continuando a guardare lo schermo.

Mi lasciai cadere sulla poltrona del box accanto al suo. Aveva una bella faccia, Maselli. Tratti proporzionati, una pelle liscia e due occhi perennemente accesi.

«Mi sono ficcato in un casino micidiale» gli dissi. «Ogni tanto divento un po' stronzo. Penso di esserlo stato con te. Ti chiedo scusa.»

Maselli si girò verso di me:

«Detesto accettare le scuse degli stronzi. Soprattutto perché non mi piace chiederle quando a fare lo stronzo sono io.»

Gli sorrisi. Parlava e ragionava da vero scrittore. Conosceva la forza di una bella frase. E quella lo era.

Cancellata l'acredine, andai subito al dunque:

«Tu sei in grado di recuperare la foto del cadavere di Neiva Olivares così come fu trovato in strada dopo che si era buttata giù dal balcone?»

«Dopo che si è buttata o dopo che *qualcuno* l'ha buttata di sotto?» precisò lui.

«Fa lo stesso. A me serve la foto di Neiva morta. Devo sapere se portava al dito un certo anello.»

Maselli restò un attimo a riflettere:

«Ho un amico alla *morgue*. Se lo becco di buonumore forse mi permetterà di dare un'occhiata al dossier della Olivares.»

«Come fa uno che lavora murato vivo tra i cadaveri a essere di buonumore?»

«Boh. Probabilmente fa come il tuo collega Hitchcock. Anche lui lavorava in mezzo a omicidi e cadaveri, eppure ho letto che di solito era molto allegro e spiritoso.»

«Il vecchio Alfred si riempiva di whisky» commentai. «E poi lascia perdere *Hitch*: lui era un genio, io sono un cinematografaro.»

L'indomani Maselli mi consegnò la foto che cercavo: la povera Neiva, distesa sul selciato sotto al suo balcone. L'impatto brutale non aveva deturpato i suoi lineamenti graziosi.

A me interessava il suo anulare sinistro.

La mano era appoggiata al cemento con il palmo leggermente aperto. Ma non c'era l'anello che avevo visto sul selfie. Neiva se l'era tolto. O *qualcuno* glielo aveva tolto. Forse proprio prima di buttarla di sotto.

«Hai scoperto quello che volevi sapere?» mi chiese Maselli.

«Può darsi» risposi.

Iniziavo anch'io a ragionare come Hitchcock.

Non avevo dimenticato la dedica del marchese Cafiero d'Aragona: "I libri servono a svuotarsi la coscienza".

Quella sera mi chiusi in casa e divorai *Memorie di un uomo superficiale*. Un ritratto acuto del mondo nel quale Cafiero d'Aragona aveva trascorso la vita. La prosa scorreva veloce, gli aneddoti erano spiritosi e talvolta addirittura sorprendenti. In quelle duecento pagine di frivolezze veniva fuori l'immagine di un ceto allo sbando, cancellato dalla Storia, orfano della sua identità secolare.

L'ultimo paragrafo del libro mi lasciò senza fiato:

> Alla fine di questo lungo cammino, che mi ha condotto da un palazzo nobile di Napoli a un quartierino scrostato della suburra romana, capisco con lucida consapevolezza che la mia è stata una vita superficiale. Senza alcuna profondità. Il tempo ha spazzato via non solo le persone che ho amato, ma soprattutto il loro ricordo. Oggi sono figurine sbiadite, forse eleganti, ma certamente di scarso interesse. Non raccontano più nulla. Sono, appunto, figure e non segni indelebili. Intorno a me si agita un piccolo esercito di fantasmi, del quale sono uno degli inutili protagonisti. Duchi, baroni, marchesi che battono in ritirata con gli abiti e le coscienze lacere, senza scarpe, come gli straccioni sconfitti in una battaglia finale, senza più prova d'appello o possibile rivincita. Nei loro cuori, come nel mio, la vergogna ha rimpiazzato l'orgoglio. Si era principi in nome di un patto divino, dove per via di una meravigliosa finzione l'Altissimo aveva delegato a pochi privilegiati il potere di brillare di una luce diversa. Oggi, quello che era fintamente vero è diventato realisticamente finto. Un malinconico epilogo nel quale i principi hanno ricevuto dal Tempo il mandato di pugnalare il loro antico splendore.

Lessi e rilessi questo paragrafo con estrema attenzione. I pensieri che erano serviti a Cafiero d'Aragona per svuotare la sua coscienza stavano avendo lo stesso effetto sulla mia. Una luce accecante rischiarò il mondo che stavo attraversando con fatica e malessere. Descrivendo il suo *milieu* allo sfacelo, Roffredo aveva colto con feroce lucidità il meccanismo che nutriva gran parte delle mie contraddizioni. Grazie a lui, quel mio altalenante viaggio quotidiano tra verità e finzione aveva trovato una spiegazione. E grazie a questo sipario, che si era aperto sul palcoscenico delle mie piccole miserie, simili a quelle di altra gente confusa, riuscivo finalmente a percepire il senso profondo del mio lavoro. Il film su Roma che stavo scrivendo con Calopresti non doveva raccontare la storia di una ragazza del Sud che sbarca nella capitale e vaga senza senso tra i membri di una società al collasso. Il film giusto su Roma era proprio quel mistero metropolitano nel quale mi ritrovavo invischiato. Quel film ero io. Ero io, che mi mettevo faccia a faccia con l'ambiguità che confonde le carte della realtà; ero io in balìa dei fatti quotidiani, io scrittore e allo stesso tempo cronista con il compito di scegliere tra episodi veri e altri stoltamente immaginati, in una sorta di resa dei conti tra ambizioni e ammissione dei miei limiti.

Tutto mi parve improvvisamente chiaro. Ripensai a quello che mi avevo detto mesi prima il commissario Margiotta. Aveva citato la frase di una scrittrice inglese di romanzi gialli, secondo la quale i moventi di un omicidio si possono riassumere con quattro parole: amore, lussuria, denaro e odio. Il più temibile sembrerebbe l'odio, mi aveva detto. E invece è l'amore. Una verità illuminante, e che gettò nuova luce sulle parole dell'epilogo del libro del marchese. Perché i principi pugnalano il loro antico splendore? L'avevo capito: perché i principi non si amano più. Lavinia aveva voluto essere la prima donna del gran mondo. Ma quando era arrivata in vetta al fasto mondano si era accorta di essere invecchiata. E adesso, dalla sua cima dorata, avrebbe scambiato mille pranzi e ricevimenti per un pizzico della sua vitale bellezza giovanile. Aveva semplicemente sbagliato bersaglio, inseguendo la morte senza preoccuparsi della vita. E lo aveva sbagliato anche Domietta, che era nata nobile ma si era corrotta innamorandosi di un borghese meticcio. In lui aveva scelto l'intelligenza, rinnegando l'etichetta antica della sua casta. E non si amava più nemmeno Roffredo Cafiero d'Aragona, che aveva sprecato tutti gli spiccioli ricevuti in dote dalle sue origini aristocratiche per correre dietro alla carne, la carne popolare, così distante dal suo *entourage* naturale. Tutti vogliono sempre quello che non hanno. Nessuno si accontenta della sua identità. E non solo tra i nobili. Io ero andato a letto per anni con una ragazza che mi capiva appena per ribaltare inconsciamente il mio destino, legato a una donna che amavo e che mi comprendeva in tutto. Il mondo va avanti solo grazie a queste trasformazioni genetiche delle nostre identità primarie, che si corrodono come il ferro a contatto con l'ossigeno. Succede agli uomini, alle donne, ai loro sentimenti, alle loro abitudini, al loro intelletto. Roma era diventata brutta semplicemente perché si erano corrosi i romani. Come diceva Cafiero d'Aragona, il loro orgoglio si era trasformato in vergogna. E tutto ciò stava accadendo nella letteratura, nella musica, nel cinema, nel teatro. Noi, tutti noi, finiamo per dimenticare le ragioni che ci spingono a essere autenticamente noi stessi. Con il passare del Tempo le perdiamo irrimediabilmente di vista.

Forte di questa nuova consapevolezza interiore, ma soprattutto convinto che la risoluzione del giallo avrebbe coinciso con l'epilogo del mio racconto, anche di quello cinematografico, incontrai da Babington's la principessa Lavinia Orsato della Torre.

Erano passati pochi giorni da quando l'avevo cercata al parco, ma solo in quel momento mi resi conto della sua trasformazione. La trovai, come aveva intuito Cafiero d'Aragona il giorno del nostro primo incontro in casa sua, più vecchia, meno solare, con delle piccole rughe che le solcavano il viso. I suoi occhi parevano appannati da un impercettibile velo simile alla trama di una tela di ragno. Anche i suoi gesti erano rallentati da un disagio esistenziale che si percepiva nel leggero tremore delle sue dita affusolate.

Non mi persi in preamboli. Tirai fuori il mio cellulare e le mostrai la foto che mi ero fatto inviare da Claudia: l'ultimo selfie di Neiva.

«Ti dice niente quest'anello?» le chiesi ingrandendo la foto.

Lavinia inforcò un paio di occhiali e fissò l'immagine sul display.

«Lei è quella che hanno buttato giù dal balcone» disse piano.

«Sì, è Neiva Olivares. La fidanzata di Greco.»

«Sui giornali sembrava meno bella» aggiunse.

«Guarda l'anello» insistetti. «Lo hai mai visto?»

«Sopra c'è il nostro stemma di famiglia. Un grifone.»

La fissai intensamente:

«Glielo hai dato tu a Neiva?»

Si tolse gli occhiali con un gesto annoiato.

«Io questa ragazza non l'ho mai incontrata.»

«E come faceva ad avere al dito un anello con lo stemma degli Orsato della Torre?»

«Lo ignoro.»

Le afferrai una mano con foga e gridai:

«Lavinia, questo non è un gioco!»

Tacque.

Era un muro impenetrabile. Cercai di sfondarlo.

«Se non mi racconti quello che sai ci ritroveremo sui giornali.»

Mi sorrise con un ghigno di sfida:

«È quello che tutti vogliono, no?» Poi aggiunse, con uno dei suoi improvvisi cambi di registro: «Quell'anello l'ho regalato io, tanti anni fa, a Roffredo Cafiero d'Aragona, in segno di amicizia».

Anche Roffredo Cafiero d'Aragona mi pareva molto invecchiato.

Mi ricevette nel salone buio della sua modesta dimora al Pantheon. Del suo sfrontato modo di essere, in bilico tra grazia e anticonformismo, rimaneva solo uno scheletro avvizzito, come la figura di un quadro antico che la luce ha devastato nel corso dei secoli.

Gli mostrai la foto di Neiva con l'anello degli Orsato della Torre:

«Mi ha detto Lavinia che questo anello lo aveva regalato a lei, tanti anni fa.»

Cafiero d'Aragona sospirò, trattenendo un leggero accenno di catarro.

«Vede come tutto si corrompe. Dal dito di un principe, tramite una principessa "acquisita", questo anello era finito al dito di un marchese. Poi, da lì, si è spostato più in giù, all'anulare di una maestra di pilates.»

«Sorprendente, no?»

«Effettivamente sì» ammise.

Sentivo che eravamo vicini alla scoperta della verità.

«Lei si è fatto un'idea di come ciò possa essere accaduto?» gli chiesi.

Cafiero d'Aragona sorrise:

«Immagino che lei, scrivendo per il cinema, abbia già qualche soluzione plausibile.»

«Sì, ma è solo un'idea» dissi. «L'ultima volta che sono venuto qui a trovarla lei mi ha congedato dicendo che aveva avuto qualche *fidanzato* in comune con Roberto Bassani.»

«Ottima memoria. Ma non ho detto *qualche*, ho detto *diversi*.»

«Tra questi c'era anche Domenico Greco?»

Cafiero d'Aragona sorrise di nuovo:

«Bravo Federico. Ha fatto centro.» Fece una piccola pausa e aggiunse: «Adesso, però, tiri una conclusione».

«Visto che me la chiede, ci provo. Lei ha regalato a Greco quell'anello. Ma lui, che non teneva in grande considerazione la *forma*, quella dei sentimenti intendo, ha regalato a sua volta l'anello alla sua fidanzata, Neiva Olivares.»

«È molto probabile. E anche molto poco elegante. D'altronde il giovanotto badava poco all'eleganza.»

Tirai fuori dalla tasca la foto del cadavere di Neiva, quella che mi aveva fornito Maselli grazie alle sue conoscenze alla *morgue*.

«Neiva portava al dito l'anello poche ore prima di essere

uccisa. Ma quando è volata giù dal balcone, l'anello al dito non l'aveva più. O è un caso, o qualcuno glielo ha tolto.»

«Perché avrebbe dovuto farlo?»

«Per non essere accostato a quella torbida vicenda» spiegai. «Se gli inquirenti avessero trovato un anello con lo stemma degli Orsato della Torre, tramite Lavinia sarebbero risaliti a lei. E da lei alla relazione con Domenico Greco. E qualcuno di questi inquirenti avrebbe potuto immaginare che a ucciderlo, per ragioni di gelosia, o di odio...»

«O di amore...» s'intromise Cafiero d'Aragona.

«Esatto, o di amore, sia stato proprio lei.»

Cafiero d'Aragona scosse la testa con rassegnato scetticismo:

«La sua ipotesi è molto interessante. Io amavo Domenico. Lui mi tradiva con Bassani, con Lavinia...»

«Con Domietta» stavolta lo interruppi io.

«E con una ragazzotta brasiliana» proseguì gelido. «Tutte ragioni passionali che possono avermi spinto ad ammazzare quel ributtante gigolò di provincia. Poi, una volta ucciso, sapendo che la brasiliana andava in giro con un mio anello, sono andato a trovarla a casa e le ho chiesto di restituirmelo. Lei non ha voluto. Mi ha accusato di aver ucciso Domenico. Sono volate parole grosse. Io ho cercato di toglierle dal dito l'anello e, nella colluttazione, lei è finita giù dal balcone.»

Chiuse gli occhi, ispirando l'aria stantia del saloncino. Poi esclamò con forza:

«No, non è andata così. Io non ho ucciso Domenico! E non ho scaraventato giù dal balcone Neiva Olivares. L'unica vita che vorrei cancellare da questo mondo finito è la mia.»

Scoppiò a piangere. Non un fiume di lacrime. Qualcosa di sommesso che aveva tutta la composta dignità che dovrebbe caratterizzare il comportamento di un vero nobiluomo.

«Mi dispiace, marchese» cercai di rincuorarlo, pronunciando quelle parole sottovoce. «La fantasia porta lontano. E spesso si tratta di un viaggio inutile.»

No, non era stato lui a uccidere Domenico e Neiva.

Roffredo era un uomo sconfitto, ma non un assassino.

L'enigma che ruotava intorno all'anello del marchese Cafiero d'Aragona era l'unico punto d'arrivo certo delle mie indagini personali.

A Roma, il caldo si era fatto davvero insopportabile, con punte record che sfioravano i quarantadue gradi. Via Pompeo Magno pareva una serra tropicale. La notte non riuscivo più a dormire. Pensieri e afa.

Un paio di settimane dopo, improvvisamente, gli enigmi si sciolsero. Come ghiaccioli trafitti da un raggio di luce calda.

Nel cuore della notte squillò il mio cellulare.

Era Maselli:

«Hanno arrestato l'assassino di Greco e Neiva Olivares. È il principe Annibale Orsato della Torre, il marito della tua amica Lavinia. Ha confessato. Domani mattina compra il giornale. Leggerai tutto.»

All'edicola di piazza Colonna, mentre su Roma stava piombando la prima luce metallica di un'alba da brividi, comprai una copia fresca di tipografia del "Messaggero".

In prima pagina, a quattro colonne, la notizia che mi aveva anticipato Maselli: "Il principe assassino. Arrestato Annibale Orsato della Torre per duplice omicidio".

A sbrogliare la matassa era stato il commissario Margiotta. Con il suo passo lento, ma inarrestabile, da diesel, aveva messo insieme gli indizi, ricomponendo fino all'ultima casella il puzzle di quei due inspiegabili omicidi.

Il principe Annibale Orsato della Torre, il frivolo aristocratico, messo alle strette, aveva confessato gli omicidi di Domenico Greco e Neiva Olivares. Adesso era rinchiuso nel carcere di Regina Coeli. Chissà, forse dalla finestra della sua cella, aldilà del fiume, poteva intravedere il palazzo cinquecentesco di sua cugina Domietta. Nemmeno la fantasia letteraria di Balzac avrebbe potuto partorire un epilogo così malinconico.

Nelle ricostruzioni giornalistiche, sia della carta stampata sia delle testate televisive, nessuno parlò di me. Naturalmente tutti raccontarono della relazione tra Claudia e Neiva. Ma il nome della mia "fidanzata" non fu in alcun modo accostato al mio. Era come se, in quella drammatica e sanguinosa vicenda, io non avessi giocato alcun ruolo. Nemmeno secondario. Ringraziai in cuor mio Maselli e Margiotta.

Feci passare qualche giorno, poi decisi di chiamare il commissario:

«Se ha tempo, vorrei rivederla. Credo di essere in debito con lei. È stato di parola. Non mi ha dato in pasto alla stampa.»

Rispose d'un fiato:

«Facciamo di nuovo a Trinità dei Monti, alle sette. È un posto incantevole.»

L'indomani c'incontrammo nel baretto dove ci eravamo già visti qualche mese prima. Margiotta aveva il viso rilassato, come un malato che si è finalmente ripreso da una lunga influenza. Anche le piccole rughe che normalmente gli solcavano la fronte parevano meno accentuate.

«Nel mio lavoro bisogna soprattutto avere pazienza» mi disse, sorseggiando un aperitivo. «Chi ha fretta non vede. E invece, nel corso di un'indagine complicata, conta proprio la vista. La verità si diverte a confondere le tracce che conducono a lei. Mischia le carte e rende il percorso incomprensibile. All'inizio avevo puntato la lente sulla signorina Olivares. Ma sbagliavo. Avrei dovuto iniziare a dubitare dei miei convincimenti quando fu uccisa anche lei. Ma sbagliai di nuovo. Spostai la lente sulla sua amica Claudia. D'altronde la loro relazione, soprattutto dopo aver saputo da lei che le due donne erano in casa al momento dell'omicidio di Domenico Greco, mi portò a sospettare che a ucciderlo fossero state in due. E che la morte della Olivares fosse la conseguenza del segreto maledetto che condividevano. Un segreto pesante che, alla fine, le aveva messe una contro l'altra. Poi, però, in una fotografia scattata dalla Scientifica in casa della Olivares, ho visto quello che mi ha portato a risolvere il caso.»

«L'anello con lo stemma degli Orsato della Torre» esclamai.

Margiotta sorrise con evidente orgoglio, misto a stupore: «Esatto. Lei ogni volta mi sorprende.»

«Ragiono...»

Margiotta scosse la testa, divertito:

«Dopo l'arresto di Neiva, gli uomini della Scientifica passarono al setaccio il suo appartamento. Rilievi di impronte, documenti, persino i vestiti. Furono fotografati anche dei gioielli che la donna conservava in un cassetto. Niente di particolare, più che altro bigiotteria. In mezzo ai gioielli c'era anche un anello da uomo. Ma nessuno di noi ci fece caso. Non ci accorgemmo che era un anello targato Orsato della Torre. Anche quando passammo al setaccio i membri della loro famiglia. Lo facemmo perché avevamo scoperto che Lavinia aveva avuto una relazione con Bassani e con lo stesso Greco.»

Il silenzioso Margiotta aveva scoperto proprio tutto. Anche lo scoop del triangolo perverso al quale era arrivato Maselli.

«Abbiamo scoperchiato tutti i segreti degli Orsato della Torre» riprese Margiotta dopo un attimo di pausa. «Storia, abitudini, amicizie, passato remoto e recente. Da una ricerca finanziaria scoprimmo che Bassani aveva rilevato tutte le proprietà mobiliari e immobiliari dei principi. Come dire: il loro rapporto non era solo a sfondo sessuale, ma anche basato sul soldo. Ma cosa c'entrava tutto questo con i due omicidi? Pochi giorni fa, sfogliando un vecchio volume sulla casata Orsato della Torre, ebbi finalmente la folgorazione. Sul frontespizio vidi il loro stemma, un grifone. Lo stesso che avevo visto distrattamente sull'anello fotografato nel cassetto dei gioielli di Neiva Olivares. Pensai che, dati i loro rapporti intimi, quell'anello lo avesse regalato Lavinia Orsato della Torre a Domenico Greco. E lui a Neiva. Ma quando la interrogai, la principessa mi disse che l'anello lo aveva donato, anni prima, al marchese Roffredo Cafiero d'Aragona, in segno di amicizia. Cose da nobili. Ci misi poco a scoprire che Greco era stato non solo l'amante di Roberto Bassani, ma anche del marchese. A quel punto mi convinsi che per ragioni di gelosia era stato Roffredo a uccidere il giovane attore pugliese. Poi, probabilmente attraverso le sue relazioni, il marchese doveva aver scoperto che l'anello era finito nelle mani della Olivares, e a quel punto, per evitare di ritrovarsi coinvolto in quel fattaccio, aveva cercato di riprenderselo. Aveva avvicinato Neiva e in una colluttazione, dopo averle sfilato l'anello, l'aveva gettata giù dal balcone. Ero vicino alla verità, ma non era ancora la verità.»

Fece una lunga pausa.

«Infatti, a uccidere i due non è stato Roffredo Cafiero d'Aragona» dissi.

«No, lui è innocente» rispose Margiotta. «L'ho capito subito, parlandogli, ma soprattutto ha un alibi di ferro: quel giorno si trovava al Circolo della Caccia. Ancora una volta la verità si stava divertendo a nascondermi le carte. Ma accadde qualcosa di inatteso. Lo stesso giorno dell'omicidio di Domenico Greco, a circa cinquecento metri dal suo palazzo, ci fu una rapina a una banca. Ne parlarono anche i telegiornali. Il caso fu seguito da un mio collega. Fu proprio lui, senza volerlo, a darmi la dritta decisiva per le mie indagini. Mi chiese di controllare la registrazione della telecamera della banca per provare a riconoscere un tizio sospetto. Controllando la registrazione, invece del tizio, riconobbi sul marciapiede, mentre camminava, l'inquilina del palazzo di Greco. Quella che aveva raccontato di aver visto scappare giù dalle scale, proprio all'ora dell'omicidio, una donna bionda. Risultava, però, che la ripresa era stata effettuata cinque minuti dopo l'uccisione di Greco. Dalla banca al palazzo ci vogliono venti minuti a piedi. Quindi quando l'inquilina, rientrando a casa, aveva visto la bionda sulle scale, non era subito dopo i due colpi di pistola, ma almeno trenta minuti dopo. Come dire: non era possibile che la bionda fosse l'assassina, perché dopo aver ucciso un uomo non sarebbe certamente rimasta mezz'ora sul luogo del delitto.»

«Ha scoperto chi era questa misteriosa bionda innocente?» gli feci.

«Pensai subito alla principessa Lavinia Orsato della Torre» esclamò sornione. «Era l'unica bionda legata in qualche modo a quell'omicidio e così la interrogai per la terza volta. Per spaventarla le dissi che una telecamera di sorveglianza l'aveva ripresa fuori dal palazzo di Greco e che quindi sospettavamo di lei. Scoppiò in lacrime. E finalmente vuotò il sacco. Suo marito Annibale aveva scoperto il suo rapporto con il giovane attore. Accecato dalla gelosia, aveva giurato di farla pagare a quel verme. Il giorno dell'omicidio, Lavinia si accorse che non c'era più la pistola che il marito custodiva in un cassetto. Annibale era uscito da poco e così, immaginando il peggio, era corsa dall'amante per avvertirlo del pericolo. Ma quando arrivò, trovò la porta aperta e Domenico Greco ucciso nell'ingresso dell'appartamento. Scappò via terrorizzata giù per le scale. Era effettivamente lei la donna che la testimone aveva visto. Solo che non era lei l'assassina.»

«Come mai, se pensava che fosse stato suo marito a uccidere Domenico, Lavinia non lo denunciò?» chiesi.

«Innanzitutto perché per la principessa Lavinia finire anche indirettamente sui giornali, come moglie di un assassino, sarebbe stata una rovina totale. Oltre a questo, penso che, dietro alla sua immagine forte e composta, la principessa provasse vergogna per le sue debolezze sessuali e, al contrario, una certa ammirazione per l'intransigenza morale del marito. In lui riconosceva la nobiltà autentica. Quella che non apparteneva a lei per natura.»

Margiotta si accese una sigaretta, aspirò due boccate e concluse:

«A questo punto, quando mi presentai dal principe Annibale Orsato della Torre fu una mera formalità. Mi confessò di aver ucciso Greco e dopo di lui Neiva Olivares. L'aveva seguita, per malsana curiosità, nei giorni successivi all'omicidio del fidanzato. E aveva notato che portava al dito l'anello con lo stemma della sua famiglia. Temendo che in qualche modo noi della polizia potessimo prima o poi risalire a lui, andò a trovarla a casa e, dopo un diverbio, la scaraventò giù dal terrazzo per riprendersi l'anello. Me lo ha consegnato di sua spontanea volontà. Raramente mi sono trovato davanti a un uomo che confessa due omicidi con tanta rassegnata consapevolezza. Io sono nato in una famiglia contadina e il mondo dei nobili è quanto di più distante dai miei parametri esistenziali. Le assicuro, però, che in quella confessione ho trovato qualcosa di veramente superiore. Gli assassini proletari, o quelli borghesi, sono spinti quasi sempre da un senso di rivincita o di insoddisfazione. Lui, invece, mi è parso mosso dal peso di una fatalità ineluttabile. In una famiglia come la sua, una moglie che va a letto con un marchettaro non è accettabile. Nei palazzi aristocratici, la forma è sostanza. E lui ha dovuto rimettere a posto le cose secondo le sue antiche regole.»

Margiotta si rimise a fumare.

Come dopo una tempesta, era tornata la calma. Il mistero si era ridotto a un triste e tutto sommato banale fatto di cronaca.

In silenzio, Margiotta e io restammo appoggiati alla balaustra di Trinità dei Monti, a osservare Roma che continuava a vivere sotto di noi. Illuminata da una luce speciale che mi ricordò certe pennellate dei quadri di Carlo Quaglia.

Pamela e io avevamo ripreso una nostra vecchia abitudine. La sera, prima di cena, indossavamo una tuta, scarpe comode e ci facevamo una passeggiata a passo rapido. Attraversavamo il Ponte Margherita, costeggiavamo il fiume dalla parte dell'Ara Pacis, ritornavamo indietro su Ponte Cavour e poi, all'angolo con Lungotevere dei Prati, giravamo per casa nostra. Circa un chilometro e mezzo, attraverso luoghi diversamente antichi ma ugualmente affascinanti.

Una sera, mentre ci sfilava accanto il Bar Ruschena, Pamela mi disse:

«Ieri ho parlato con la tua Claudia.»

Sentii un brivido attraversarmi il collo. Evidentemente, quella storia per lei non era affatto conclusa.

«Ti ha cercata lei?» chiesi.

«No, sono io che ho voluto incontrarla.»

«Avevi il suo numero di telefono?»

Pamela mi lanciò un'occhiata fredda:

«Non sono il tipo che va a rubare i numeri di telefono delle amanti dal cellulare del marito. Per trovarla mi è bastato riprendere qualche articolo che avevo ritagliato. Ho letto che insegnava in una palestra di viale Parioli e ci sono andata.»

Le donne sono dei carri armati.

«Stava facendo pesi con una delle tue ridicole *finte bionde*. Quando ha finito la lezione mi sono presentata e abbiamo chiacchierato un po'.»

«Risultato?» chiesi nervosamente.

«Per me adesso la cosa è finita» rispose.

«Mi vuoi lasciare?»

Sul suo viso arrossato dalla camminata emerse una specie di sorriso.

«Sai cosa mi ha raccontato? Che tu non le hai mai detto che l'amavi. Ed era proprio quello che volevo sapere.»

Si fermò e mi guardò dritto negli occhi:

«Sei esattamente come i personaggi dei tuoi film. Un italiano superficiale, un bambino che gioca con i sentimenti degli altri.»

«Con te non l'ho mai fatto» le dissi.

«Adesso lo so. Ma un'altra ti avrebbe lasciato lo stesso.»

Era vero. Un'altra mi avrebbe sbattuto con la valigia sul pianerottolo. Pamela, invece, era una gran donna.

«Mi ha raccontato anche dell'albergo dove vi incontravate» rispose. «Non ho resistito e ci ho fatto un salto. Che tristezza, Federico. Mi dici sempre che sono tirchia. Ma tu? Sembra un albergo che hanno requisito per sbatterci in quarantena degli immigrati. Povera Claudia, scopate senza amore, in una stamberga a due stelle.»

Malgrado tutto mi era tornato il sorriso.

Pamela fece per riprendere la camminata, ma esitò e aggiunse:

«Comunque ti faccio i complimenti. Claudia mi è sembrata proprio una gran gnocca! Sarebbe perfetta per uno dei tuoi film.»

«Infatti nei film italiani i protagonisti mica vanno a letto con dei cessi.»

«Piantala!» rispose lei, seria. «Io tanti anni fa non mi sono innamorata del personaggio di un film, mi sono innamorata di te. Uno che semplicemente i film li scrive. Storie finte.»

Con poche parole da vera scrittrice americana, che va dritta al punto, Pamela aveva riassunto il senso della mia e della nostra piccola grande storia.

Il sole stava calando dietro i palazzi umbertini del Lungotevere. Qualche raggio dorato affondava ancora nell'acqua torbida del fiume. Quasi a voler anestetizzare lo sporco che il Tevere si portava via.

D'altronde a Roma è così. Il brutto viene macerato dal bello. Da secoli e secoli. E si finisce per confondere finzione e realtà. Quasi per dispetto.

Nota dell'autore

Questo è un romanzo di fantasia, costruito con brandelli di autentica realtà.

Alcuni personaggi sono, fedelmente, veri. Con qualche minima licenza dettata dall'affetto che nutro per loro. Molti altri, invece, sono di pura finzione. Anche se, ma questa è la magia della scrittura romanzesca, la loro identità è costruita su modelli umani esistenti.

La cronologia della storia non segue quella del calendario. È scandita dai ricordi, quindi dal tempo della memoria, come se lo scorrere della vita fosse più un sentimento che una certezza numerica.

Ringraziamenti

Ringrazio Carlo, Linda e Michele per i loro consigli illuminanti e preziosi.

Ringrazio mio padre Steno, che non era musicista, ma regista, eppure ha colmato la mia vita con le melodie e gli accordi giusti.

Ringrazio mio fratello Carlo, che non fa il medico ma anche lui il regista, per avermi insegnato cosa significa una storia.

Ringrazio Roma per avermi ospitato con paziente dedizione.

Indice

SIAE DALLA PARTE DI CHI CREA
Aut. A - 90 - 2018

Mondadori Libri S.p.A.

Questo volume è stato stampato
presso ELCOGRAF S.p.A.
Stabilimento - Cles (TN)

Stampato in Italia - Printed in Italy